我的爆炸女友

坏蓝眼睛（贾佳） 作品

人民东方出版传媒
東方出版社

图书在版编目（CIP）数据

我的爆炸女友/贾佳 著. —北京：东方出版社，2013. 3
ISBN 978-7-5060-6160-5

Ⅰ. ①我… Ⅱ. ①贾… Ⅲ. ①长篇小说-中国-当代 Ⅳ. ①I247. 5

中国版本图书馆 CIP 数据核字（2013）第 058427 号

我的爆炸女友
（WO DE BAOZHA NÜYOU）

作　　者：坏蓝眼睛（贾佳）
责任编辑：姬　利　李　烨
出　　版：东方出版社
发　　行：人民东方出版传媒有限公司
地　　址：北京市东城区朝阳门内大街 166 号
邮政编码：100706
印　　刷：北京京都六环印刷厂
版　　次：2013 年 6 月第 1 版
印　　次：2013 年 6 月第 1 次印刷
印　　数：1—8 000 册
开　　本：880 毫米×1230 毫米　1/32
印　　张：9
字　　数：209 千字
书　　号：ISBN 978-7-5060-6160-5
定　　价：28. 00 元
发行电话：（010）65210056　65210060　65210062　65210063

目录

永远不愿意来往的黑名单

朱狸心里有一个账单，分男女。女性账单目录层次很多：能聊几句的，完全背道而驰的，一言不合但是可以忍耐的，可以一起逛街的，可以一起喝酒的，可以偶尔通个电话的，极其投机的。男人的话则只有两个目录：可以上床的和不能上床的。

第一次见到曹青，朱狸就把她加入“永远不愿意来往的黑名单”中。

朱狸心里有一个账单，分男女。女性账单目录层次很多：能聊几句的，完全背道而驰的，一言不合但是可以忍耐的，可以一起逛街的，可以一起喝酒的，可以偶尔通个电话的，极其投机的。男人的话则只有两个目录：可以上床的和不能上床的。

也就是说，相对于男性的冰冷和无情，朱狸对女性其实是有着极其宽宏厚量的包容的。

但是，对于曹青，朱狸一眼就定了性，并且把她打入寂寞空寥的“永远不愿意来往的黑名单”，这个名单目前只有朱狸和另外一个说话分贝很高，做人非常嚣张，曾经创造了全公司男女都讨厌的全能冠军的女性特别拥有。

朱狸想，这下那个大嗓门不再寂寞了。

第一次见到曹青。

朱狸代表公司到 X 市参加一个行业的聚会。

那天飞机晚点了，朱狸匆忙地拉着行李箱走出机场，接到了电话，说当地的司机正在机场外等候，其他还有几个来自天南海北的人，一起接着送往指定酒店。

朱狸一再道歉，司机倒也蛮温和，说：“没关系，正好还有一个海南的还没到。”

朱狸听说不是特意为等自己，心里顿时踏实了一些。

朱狸根据车牌号码找到了车，是一辆很普通的面包车。

拉开车门，里面坐着一个女人。

司机介绍：“这位是上海的曹小姐，她先到的。”

朱狸一边上车一边跟曹青打招呼：“你好……”

曹青仿佛没听到朱狸的话，皱着眉头冲司机喊起来：“到底还要等多久？”

司机没回话。

朱狸坐定，感觉车内空气已经被曹小姐搞得极其紧张。

曹青自言自语：“搞什么搞？既然大家航班不同，多派几辆车来接不就完了，大热天的，让我在这里晒着等，拜托，你们知道我是谁吗？知道我年薪多少吗？”

朱狸如坐针毡。

空气如同万物死绝般静默。

大概沉默了三分钟，曹青爆发：“有没有搞错？我已经等了 40 分钟了！我不能再等下去了，我要投诉，把你们上司的电话给我，我要投诉!”

司机仿佛什么都没听到，这时候，司机接了电话，满脸堆笑:“哦，你到了，嗯，我就在门口，车牌号码是……”

曹青听到这句话，终于停止了抱怨。

车里空调很不给力，坐了一会儿，朱狸就出了汗。

曹青膝盖上放着一本时尚杂志，翻来翻去，翻去翻来，一会儿拿起杂志当扇子，呼啦啦地扇着，还不过瘾，又一把拉开车窗，一阵热浪扑来，曹青像被烫到一样立刻又把车窗关上，嘴里一直喋喋不休。

海南的终于到了，一上车就连声道歉，朱狸报以友好的微笑，曹青则冷冷地连看都没看海南的人一眼，扯着嗓子对司机说:“这下可以开车了吧?”

司机把三个人送到酒店的大堂，车开走。

朱狸拿出身份证件，登记酒店。

曹青跟在后面，海南的人一直在打电话。

曹青盯着朱狸的身份证，在背后说了一句:“你是80年的。”

朱狸猛地感到背后一阵凉意，下意识地把身份证翻过来，面向下。

曹青接着说:“不年轻了哦。”

接着，曹青的脸上洋溢起一种赤裸裸的优越感。

仿佛在等着朱狸问自己的年龄，好绽放一下青春的风采。

朱狸没问。

前台小姐忙碌了一会儿，对朱狸说:“对不起，现在客房都满了，恐怕你们要稍等一下。”

曹青尖叫:“什么？客房满了？搞什么鬼？我们是丁总请来的贵宾好伐？他没有给我们提前预订房间?”

朱狸这一刻觉得很丢人，因为曹青说“我们”。

跟曹青一个阵营，朱狸觉得丢脸。

海南的人终于讲完了电话，谦和地跟前台说:“丁总说已经给我们预订了房间，能不能帮忙查一下，这里是否有误会?”

朱狸立刻喜欢上海南人，愿意和他一起被称呼“我们”。

前台小姐说:“抱歉，请你们三位先稍等一下，我尽快协调。”

海南人和朱狸分别向前台小姐道谢，然后拖着行李箱走向大厅的沙发。

曹青也跟着走过来，但是已经在打电话抱怨。

整个大堂都是曹青的声音:“丁总啊，怎么回事伐，我们已经到了，酒店的人说没有房间了，这可怎么办好哇，是啊是啊，嗯，这帮废物，别指望她们做点像样的事，要是能力稍微强一点，何至于猫在这里做伺候人的工作!”

朱狸和海南人对视，两个人无奈地把眼光移开。

曹青的电话又臭又长:“嗯，好的好的，丁总英明，哦，是的，我们就在大堂等消息，好的，丁总出发我当然放心啦，嘻嘻，嗯，好的，丁总，拜~”

终于说了拜的同时，曹青一屁股坐在一整片沙发上。

这时候，一个清洁工拿着吸尘器在打扫。

朱狸和海南人都抬起了脚，给清洁工方便，吸到曹青这里的时候，曹青故意不抬脚。

清洁工看了曹青一眼，示意她抬脚。

曹青很凶地说:“看什么看?”

清洁工:“抬脚!”

曹青大怒:“你什么态度，瞪着一双牛眼，不知道要说‘请’、‘谢谢’的吗?”

清洁工很鲁莽地不顾曹青的脚，一下子就把吸尘器推过去，曹青大叫:“喂！你是野蛮人吗？没看到我的脚在这里吗？我要投诉！投诉!”

清洁工完全不理会，继续安然无恙地清洁，然后扛着吸尘器和清洁桶走了。

曹青怒火中烧，大喊大叫:“这酒店糟糕透了！什么玩意儿?什么服务意识？丁总怎么会给我们订这么低级的酒店?!”

说完，曹青看着朱狸和海南人，妄图找同盟。

海南人看报纸，躲开了。

朱狸还没来得及找道具，已经被曹青的目光给强摄了去。

曹青很铿锵地说:“我们都是一起来的，对吧，80 年的?”

80 年的，这就是曹青对朱狸的称呼。

朱狸额头冒着冷汗，她打算假装接电话来躲开这枚“折腾咖”的视线，躲开跟她对话的机会，但是曹青却突然极其热情地拉拢朱狸:“我们一定要齐心协力抗议，让丁总给我们换一个高级一点的酒店……”

这时候，前台小姐过来了，弯腰谦卑地说:“抱歉，久等了，我刚才查过电脑记录了，有一位张小姐确实帮你们预订过房间，刚才系统出现了一点问题，没有显示出来预订的信息，真抱歉，房间已经协调好了，请到前台去办理入住手续。”

天降救兵。

海南人和朱狸立刻起身去办理入住手续。

曹青还在骂骂咧咧抱怨不休，但是看到同盟军已经无望，只好拖着行李箱，到了前台。

鉴于刚才曹青以80年冷箭射了朱狸，朱狸下意识想看看曹青到底是哪年的，曹青却很诡秘地，只出示了一下护照，动作很快很利索地又把护照收起来，整个过程朱狸完全没有机会瞄一眼护照的内容。

办完入住手续，几个人去电梯。

曹青临走还把前台小姐骂了一通，大概的内容是酒店的布置很老土，酒店人员很没有礼貌，清洁人员没素质，以及系统故障属于不可原谅的过失……

朱狸手里捏着门卡，只想乘坐时空飞船，瞬间到达房间，把曹青、和曹青有关系的一切关在门外。絮语，抱怨，怨念，碎碎，甚至空气……

太可怕了。

怎么会有这样的女人？

朱狸从头到尾都没有和海南人交流，她不知道海南人怎么看这件事。

到了房间，朱狸努力地调整了一下被破坏的情绪系统，躺在洁白床单的大床上，深深吐了口气。耳边却源源不断地传来一个熟悉又陌生的声音——这声音来自曹青。

曹青的嗓门和住在朱狸心里黑名单上的女人的嗓门不相上

下，完全是爆竹姐妹花。朱狸总结了一下自己不喜欢的女人的几个特征:(1) 嗓门大;(2) 不讲理;(3) 没礼貌;(4) 蛮横;(5) 飞扬跋扈;(6) 欺负弱者;(7) 谄媚;(8) 势利……这些特征还没等总结完，曹青的形象就如同一团魔云般浮现出来，并且笑吟吟地说:“这才哪儿跟哪儿啊？还有更丰富的宝藏有待开发哦……”

朱狸快疯了。

晚餐是在一间没什么特色的小馆子里解决的，丁总始终没出现。

可以理解，丁总是大人物，是业界的标杆人物，也是著名的空中飞人，以及放鸽子大王，据说跟丁总约时间，十次有八次会被放鸽子，因为他总有更重要的事要解决，大家也习惯，丁总的为人比较热情开朗，见谁都像父老乡亲，于是他的严重不靠谱也就在他的盛名和热情之下变得不那么重要，甚至被体谅。

接待朱狸她们的是一个姓张的女孩，饱满的额头，得体的举止，看上去像个训练有素的高级助理。

张小姐拿着菜单给朱狸、海南人、曹青以及其他几个还没来得及介绍名字的人，亲切地说:“想吃什么尽管点，别客气，丁总吩咐了，一定要照顾好大家。”

面对这样的客气，朱狸往往感觉受宠若惊，也会下意识地谦卑克制，想必一桌的人和朱狸都是差不多的心理，大家都不肯点菜，只是很友好的表示，随便。

随便了一圈之后，张小姐也领了大家的意，打算代表大家来点菜，就在张小姐拿过菜单准备点菜的时候，一直在用上海话打电话的曹青突然大喊：“哎，菜单给我，我饿的双眼都要掉出来了!”

朱狸冒了一额头冷汗，不懂什么是“双眼都要掉出来”。

张小姐立刻把菜单给了曹青。

曹青对张小姐完全不客气，像使唤佣人一样高分贝带着戾气和些许撒娇地说：“丁总太不像话，把我们约来，又不肯见我们，是要锻炼我们的耐心吗？”

张小姐赔笑：“丁总突然接到渥太华分部的电话，本来都已经出门了……”

曹青不耐烦地说：“好了好了，我要这个，大闸蟹，醉虾，鲍鱼粥……还有，来一条多宝鱼，再加一份三文鱼刺身，这是我自己的量，其他的你们随意啊。”

一桌子人被曹青的“不随意”给吓到。

张小姐的脸上也终于挂上了尴尬。

这顿饭大家吃得很压抑，各有心事，曹青不仅把自己点的所有东西都吃光，并且大喊不够，又加了三个主菜，一份甜点，外加一瓶红酒，众目睽睽之下，曹青让大家领教了什么是“点菜”。

吃得差不多的时候，曹青拿了一根牙签，在牙齿里挑来挑去，顺便很妩媚地对桌上几个男士放电，眨眼的频率增多，故意把胸口拉低，让 bra 若隐若现，不过因为餐桌上的表现实在太彪悍，男士们早已经在心理上阳痿，所以面对一尊雪白性感的肉体，也只有置若罔闻的状态了。

晚餐快要结束的时候，朱狸去卫生间，出来的时候正好跟张小姐擦肩，张小姐略带哭腔地说：“朱小姐，用餐还愉快吧……”

朱狸：“太丰盛了。”

张小姐说：“今天的晚餐费用严重超标，额度之外的钱我要自己掏腰包了……”

朱狸愣了，张小姐再也保持不住得体的微笑，脸上的表情很难看。

朱狸内心纠结了很久，甚至有一刻冲动地打算和张小姐一起承担这昂贵的费用，但是理智及时冒出来拉住了她。

这不是她的错。

当然，这肯定不是张小姐的错。

但是这件事已经发生，谁让张小姐倒霉，遇到了曹青。

朱狸毫不犹豫地把“曹青”加入到自己内心深处藏着的“永远不愿意来往的黑名单”中，不仅加入，而且深深加了锁，并把钥匙扔到无底大海，永远不给自己机会找到，放出。

上位的阔太

咪咪说："不一样，我厌倦了做女强人，我现在每天住在别墅里，有宽敞的院子，有充足的阳光，有随便透支的信用卡，有人人羡慕的丈夫，朱狸，这才是一个女人应该有的生活！"

再次回到房间休息的时候，朱狸接到了咪咪的电话。

咪咪是丁总的妻子，也是朱狸交往多年的好友。

当初关系也不是很密切，甚至一年中联络的次数也不会太多，但是某一天，咪咪突然打电话给朱狸，告诉她两个惊天动地的消息。

1．咪咪说自己搞定了丁艰。

2．咪咪说自己甩掉了华飞。

说真的，朱狸当时有点大脑缺氧。这两件事都非同小可，听咪咪的意思几乎是平行进行，互不干扰，似乎是两件完全不相干的宇宙级大事。

当时朱狸脑子里冒出来"一手遮天"、"翻云覆雨"以及"左右逢源"、"声东击西"等几个类似的词。

先说说咪咪的为人。

坦白说，朱狸并不喜欢咪咪，咪咪是个极其喜欢装饰自己的人，出门从来都要浓妆艳抹，甚至连下楼买瓶矿泉水也要化半个小时妆，对外公开的照片永远都是艺术照，PS 过的，光线调过的，侧面，或者仰望星空 68 度，据说这样会营造神秘感和复古气质。

最要命的是，咪咪告诉朱狸，她的家庭极其西化，从小没见过米饭和馒头，总是咖啡、面包、甜点以及牛奶。

朱狸一边耐心听着这些自己无法忍受的矫情的描述，一边把咪咪加入了“只能随便聊聊不必当真”的心灵目录中，因为有了这样的界定，朱狸也就变得宽容起来，即便有不适和不信，也化做善意的倾听，于是朱狸和咪咪变成那种表面上的朋友，不知道在咪咪那里是什么感觉，反正朱狸认为自己是永远不可能在内心里接受咪咪这样的人作为自己的知心朋友的。

因为轻浮和虚荣，咪咪在男性市场比女性市场受欢迎一些，经常会有绯闻诞生，女性朋友没几个，除了朱狸，还有一个乌凉，不过乌凉整日像散仙一样，飘忽不定，行踪诡异，总似不在人间。乌凉和朱狸私下里有一次对于咪咪表述的真实性作了一点点讨论，讨论的结果是，她们普遍认为咪咪一直说谎，但是她的谎言没有什么伤害性，无非是女性的虚荣而已，伤害不到别人，所以也便不必过于认真，也就是说，乌凉如果心里有一个名单，咪咪也肯定是“随便聊聊不必当真”的名册中的不二人选。

咪咪最夸张的一个谎言是关于自己学历的。她号称自己 13 岁念大学，16 岁硕士毕业，19 岁经济学博士读完。

这种话曾经被无数人指出是说谎，按照咪咪自己的说法，往前推算一下，上学时间竟然要赶到婴儿期了。对此，咪咪的说法是，她三岁上学，早慧儿童，连续跳级直到19岁，灿闪闪的辉煌资历，曾经让她一度变成风云人物，当然，是充满公众质疑的风云人物。

但是，就像朱狸自己宽慰自己的，无所谓。

随便说说而已，何必当真，何必较真？虽然这确实令人觉得很不适。

就像你不小心吞了一只苍蝇，对面的人还问你是否反胃一样。

听着那些明知道完全是胡说八道的话，就如同正在咀嚼苍蝇，难受、恶心、反胃，却为了礼貌要保持微笑表示自己能够接受。

因为是闺蜜。

咪咪很年轻就嫁给了一个热爱艺术的屌丝，这位屌丝当年还曾经仰慕过乌凉，被乌凉冷冰冰拒绝后，辗转搭上咪咪，咪咪当时又风骚又妩媚并且寂寞，于是一来二去，竟然结婚了。

当然，结婚后，如同包装身世、学历和面孔一样，屌丝华飞被包装成“导演”、“作家”、“著名的学者”……

由于知根知底，咪咪倒是很少在朱狸和乌凉面前包装华飞，干脆就不提，只有意无意跟她们谈论夫妻俩的丰富精神生活，比如说每天都给彼此写肉麻长信，每天都在一起谈论艺术，包括电影，绘画，文学等，意在创造“波伏娃和萨特”这样的著名艺术情侣形象。

不过很快，著名的萨特华飞开始捉襟见肘，不仅工作无着落，生活也开始很窘迫，波伏娃咪咪于是以“热爱工作有追求”为名义，开始复出江湖四处找钱，而萨特华飞则理直气壮地躲到校园里去念了个什么专业，其间还搭上一名女学生，咪咪当然不是波伏娃，她习惯硬撑，但是也有平常妇人心，痛苦交叠之余，开始了无止境的艳遇生活，比她小 10 岁的男模，比她老 10 岁的名人，她是在收集男邮票还是在报复萨特华飞，无从得知。

然后她遇到了丁艰，丁艰有钱有权正好单身，咪咪一下就搭上了他，顺利上位，变成了“丁太”。

咪咪约朱狸在一个酒吧见面。

朱狸赴约，见到咪咪的时候，咪咪很夸张地，戴着墨镜，硕大丝巾捂住嘴巴，只露出两只鼻孔。

见到朱狸，咪咪一改往日倾诉婆的风采，笑不露齿，让朱狸一下子很难接受。

咪咪低声说，真的是低声，声音低到几乎听不到。

咪咪说：“朱狸，这一年，我经历了很多变化，已经不再是以前的我了。”

朱狸端详了咪咪半天，不觉得咪咪有什么变化，除了突然改变的腔调。

朱狸按捺不住八卦心，问：“怎么那么突然，丁艰？华飞？”

咪咪四处张望，做了一个“嘘”的姿势。

咪咪更加神秘地提醒朱狸：“声音小点，现在随时可能有人认出我。”

朱狸错愕：“为什么？”

咪咪说：“丁总影响力太大，做他的太太，没那么容易。”

朱狸还是不解，咪咪说：“四处都是瞄着丁艰的女人，上到女老总，下到服务员，谁不想嫁给丁艰呢。我现在可谓是众矢之的，稍不留神，就会有被泼硫酸的危险。”

朱狸忍不住脱口而出：“不至于吧？”

咪咪转移话题：“丁艰就在隔壁，他故意躲起来不见人。”

朱狸问：“为什么？”

咪咪说：“说不清楚。”

朱狸好奇：“你到底是怎么和丁艰在一起的？”

咪咪说：“搞定男人，就一招。”

朱狸更加好奇。

咪咪说：“扮苦情，装纯粹，倾吐心事。”

朱狸数了数：“这是三条。”

咪咪说：“错，这是一条，是一条线上的三个关键点，缺一不可。”

朱狸说：“那华飞呢？”

咪咪说：“离婚了。”

朱狸说：“那么快？”

咪咪说：“华飞早就是皮肤上的肉瘤，之前念它不扩散，留着观察，现在情势关键，只能一刀切除，不留隐患。”

朱狸“哦”了一声。

咪咪说：“华飞很识时务，我通知他离婚，他没吵没闹，蛮顺利的。”

朱狸说：“可是，一个月前，我记得你还带着妈妈和婆婆去台湾旅游？”

咪咪说：“是啊，站好最后一班岗，离婚前一天也要做24孝好媳妇。”

朱狸无法理解，之前咪咪一直在营造自己好媳妇，好女儿，好妻子形象，有点肉麻，说起婆婆来，宛如母亲，冷血起来，又立刻把别人扫入陌生人行列。

咪咪突然吐口气，说:“我终于过上了我想要的生活。”

朱狸说:“你一直过着你很满意的生活啊。”

咪咪说:“不一样，我厌倦了做女强人，我现在每天住在别墅里，有宽敞的院子，有充足的阳光，有随便透支的信用卡，有人人羡慕的丈夫，朱狸，这才是一个女人应该有的生活!”

朱狸不知道该说什么，祝贺？有点辛酸；感慨？不合时宜；沉默？又显得不诚恳。

咪咪使劲捂了捂嘴，低声对朱狸说:“我把所有的财产都给了华飞，反正我也用不着了，我彻底告别过去的生活和过去的我了，现在我不是咪咪，现在我是丁太。”

说完，咪咪笑起来。

因为压抑，又因为得意，心底的笑被压缩成阴沉沉的收敛的笑，这笑又包含了心机，听上去很刺耳。

朱狸有点后悔来赴约，甚至有点后悔来 X 市。

有点冷场。

咪咪诉说完自己的得意之后，朱狸因为没有合适的反应，两个人不知道该说点什么。

想走，又觉得不合适。

女人的话题永远是：爱情，过去，未来和坏话。

朱狸为了缓解尴尬的冷场，说起刚才遇到曹青的种种，夸张地表达了自己的厌恶之情，咪咪立刻回应:“这样的女人比比皆是，永远都上不了位，可怜的屌丝。”

临走的时候，咪咪跟朱狸说了自己的宏伟大计，年内要怀孕，为丁艰生个男宝，一来巩固自己的地位，二来也算是扬眉吐气。

“必须是男宝。”咪咪满怀憧憬，又信心坚定。

一锅坏话宵夜

曹青笑嘻嘻地说："你真逗，我喜欢你。我一看就看出来你是个正经人，所以我为你打抱不平，这次丁艰真的是搞来猢狲一树，只有我们两个是正常人。"

凌晨，朱狸拖着极其疲倦的身体再次回到酒店。

洗个澡打算睡一觉，这一天实在太累，情绪经历了几次逆转，有点不堪重负。

男友卢迪打来电话，问长问短，朱狸已经没心情应付，简短说了几句，就挂了电话。

卢迪和朱狸认识大约有5年，这5年内两个人无数次为结婚不结婚的事纠缠。

卢迪认定朱狸就是生命伴侣，朱狸倒也没什么可反驳的，但是对于结婚这件事，朱狸一直心怀抗拒，没有原因，没有道理，更没其他的想法，但是结婚，再议。

乌凉几次劝朱狸结婚算了，不要总是拿卢迪当备胎，有点不公平。

朱狸解释不了自己的奇异心态，也就随口答应，仍旧随心所欲。

再说吧。

很多事都无解，于是都可以放在“再说吧”系列人生准备中。

“再说吧。”朱狸挂了电话，准备洗澡。

刚刚把睡衣换好，门响了起来。

这么晚？

朱狸对着门口喊了一句：“我不需要任何服务，谢谢。”

门还在响，急促，鲁莽，不像是突然夜间人品爆发打扫卫生的服务员。

朱狸慵懒地走到门口，打开门，愣了。

敷着绿色面膜的曹青站在门口，一身很透的睡衣，仿佛从天而降一个绿茶冰激凌人。

朱狸意外：“有什么事吗？”

曹青不请自来的劲头又上来了，一下子挤到朱狸的房间里去，还吩咐：“快把门关上。”

朱狸像接受命令的机器人，竟然听话地把门关上了。

绿面膜脸的曹青一下子坐到朱狸的床上，一边拿着小刀修脚指甲，一边说：“我刚才找你好几趟，你出去了哇。”

朱狸皱着眉头，她不能接受别人在她要睡觉的地方修脚指甲，尤其是早已经被自己关进黑名单里的曹青。

朱狸始终保持站立姿态，用身体语言表示“不欢迎”。

曹青却天真到无耻，说：“你快坐呀，来来，坐下来。”

朱狸说：“这么晚了，找我有事吗？”

朱狸漫不经心地说：“我刚才找你好几趟，你都不在，我敲门，也找不到你，然后就打电话给姓张的那个女的，她说你被丁总请去了，有这样的事吗？”

朱狸“嗡” 地一下，片刻不再怜悯张小姐。

曹青说：“你好待遇啊，丁总单独接见，什么事？”

朱狸实话实说：“不是丁总找我，是我的一个朋友找我。”

曹青说：“还骗我呀，姓张的明明说丁总约见你。”

朱狸说：“我的朋友嫁给了丁艰。”

曹青猛地抬头，表示惊讶，指甲刀也扔到床单上：“丁艰新娶的那个女孩，是你的朋友！”

朱狸点点头。

有点后悔自己多余，为什么要跟曹青交代？完全可以不用理睬的。

曹青说：“快说说看啊，丁艰那么那么难搞的人，何方神圣把他搞定的？”

朱狸戛然而止，她很想提醒曹青，她们并不熟悉，根本就不认识，大半夜跑来打扰，还要交谈这些隐私话题？何解？

但是朱狸什么都没说。

曹青发现朱狸的克制，于是笑逐颜开地说：“我一见你就觉得咱们俩很投缘，原来你还是丁总的人，难怪难怪了。”

朱狸很反感：“我不是丁总的人。他们结婚的事我刚刚才知道。”

曹青说：“反正我觉得你与众不同，我很喜欢你，我们很有缘分呢！”

曹青一改之前的嚣张跋扈，对朱狸分外热情，让朱狸无法招架。

曹青说：“那个姓张的女的，一看就是憋着想上位的小秘，不过她没那个福气，一辈子也上不去的，丁艰不可能喜欢这种人，最多就是饭后上一碗菠萝汤，喝一口就腻的下场。”

朱狸突然想到刚刚咪咪对曹青的评价，寒气森森。

曹青说:“看上去你也不喜欢那个姓张的吧，看她那个蠢相，订个酒店房间都出纰漏，明天我要打电话投诉她，让丁艰换能干的人上岗，现在下岗的人那么多，一个岗位有多少能人在觊觎，这个社会本来就没有笨蛋立足之地的!”

朱狸说:“算了，何必？酒店系统出错，和张小姐没关系的。”

曹青说：“就算和她没关系，通过这件事也知道她运气差，衰，倒霉，倒霉之人不能接近的，否则我们的运气也会跟着变坏的。”

朱狸打了个哈欠，曹青说：“累吧？我也快累死了，什么破事，丁艰把我们一行人叫来，却又躲起来跟娇妻甜蜜，太没有职业风范，男人一般都会死在女人手里，我看丁艰早晚死在你的那个朋友手上，别怪我没提醒他。”

朱狸说:“我想睡觉了。”

曹青说:“这才几点，陪我说说话，我好寂寞无聊。”

朱狸说:“明天还要开会，你早点回去睡觉吧。”

曹青说:“我们难得有机会聊聊天，别着急睡觉了，下次见面不知道何年何月了。”

朱狸无奈又无语，硬撑，眼皮在打架。

曹青说:“我刚才扫射了一圈，已经把所有人都看清楚了，我告诉你，我可是火眼金睛，任何人都逃不过我的法眼，哎，我有点渴，你帮我拿瓶水喝好吗?”

朱狸拿起桌上的免费矿泉水，递给曹青。

曹青说:“不行不行，矿泉水很多都是自来水灌制的，对身体有害，还是烧一烧再喝吧!”

朱狸说:“我真的要睡觉了。”

曹青说:“就一壶水，喝完水，我们都去睡觉，我的面膜也正好到时间!”

朱狸只好拿起水壶来，把矿泉水倒在壶中，烧水。

曹青说:“我给你分析一下啊，那个海南人，穷鬼一个，浑身上下没一件名牌，黑皮鞋还配白袜子，整个一个乡镇企业家的儿子!这种男人没未来的，跟他谈恋爱，没准还要被他算计，吃十次饭要轮流买单，恐怕都是他四你六。”

朱狸不得不佩服曹青，从头到尾她都没注意海南人的高矮胖瘦，而一路上一直在闹腾的曹青却已经给海南人定性，画像。

曹青继续说:“还有那个广东男人，你别看他手上有一笼金子，一看就是土鳖，没品位的，刚才吃饭的时候一直在吧唧嘴，没教养，扫兴!这种男人，恐怕上了床也会没章法没规矩，乱扯一通，只顾得自己高潮哪管别人感受的那种人。”

曹青说:“告诉你，80年的，根据我的观察，丁艰这次请来的，都是不上桌的人，我不知道他的用意何在，但是我感觉被侮辱了!从接机到住酒店，到招待，你看看丁艰搞了一套什么?明明就是在耍弄人，你别看我处处为难刁难她们，其实都是在报复而已。”

水开了，朱狸立刻给曹青倒了一杯。

朱狸说:“我姓朱，不叫80年的。”

曹青笑嘻嘻地说:“你真逗，我喜欢你。我一看就看出来你是个正经人，所以我为你打抱不平，这次丁艰真的是搞来猢狲一树，只有我们两个是正常人。”

朱狸说:“我真的要睡觉了，不能再陪你聊了。”

曹青说:“好好，你睡吧，你年纪大了，不能像我们这些年轻女孩一样放纵自己了，我给你推荐一个面膜，专门去除黑眼圈和眼袋的，你看你眼角的细纹，都蛮多的了……要不我送你一张吧，不过我这次带的也不多……”

朱狸没好气：“谢谢，不用了。”

曹青一把扯下面膜来，扔在垃圾桶里，没扔好，一半搭在桶内，一半在筒外，曹青也不再管它，只是很轻松地走了，临走前，跟朱狸说：“做个好梦，刚才我都饿了，跟你聊聊天，竟然神奇地不饿了，嘻嘻，看来我们有很深的缘分呢！”

曹青又说：“女人，一过了30岁，一定要保养，要不然很快就枯萎啦，晚安，做个好梦！”

曹青终于把门关上，朱狸怒不可遏地踢了门一脚，结果不小心踢到了脚趾，生疼，生疼。

突兀的全麦早餐

曹青的热情确实是朱狸最无法拒绝的那种，就算她之前已经亲手把曹青送进了地狱，但是她在地狱里热情地向你招手，你能伸下去一脚给她塞进去吗？不能，你只能无奈地也向她招手，这就是我们约定俗成的礼貌。

朱狸终于找到了失踪已久的恋人小旭。

朱狸满脸是泪地追问小旭："为什么？为什么你突然失踪，我到底做错了什么？"

小旭一直在微笑，也不回答朱狸，那种微笑显得很恶毒，像是十拿九稳的施虐者，但是，朱狸还是心如刀割。

卢迪出现了，卢迪拉着朱狸的手，通往一扇神秘的大门，朱狸回头想再问问小旭失踪的原因，可是小旭已经不见了，朱狸翻山越岭地找，无论如何也找不到……

"咚咚咚！"

一阵狂躁的敲门声，朱狸猛然惊醒。

原来是梦。

一脑门儿汗。

抓过手机看时间：5：40！

5：40！谁会在5：40这样适合沉睡的时间来敲门！

朱狸有点后悔睡觉前没在门口挂上“请勿打扰”的提示牌。

“咚咚咚！”

敲门声不绝于耳，有誓不罢休的劲头，朱狸拖着沉重的脑袋，开门。

曹青跳着挤进来：“哎呀，你还在睡吗？早晨空气多好，我都已经出去跑了一圈了，来来，这是我给你买的早餐。”

“早餐？”朱狸糊涂了，“我没有要你帮我带早餐啊，而且我没有吃早餐的习惯。”

曹青说：“我一看就知道你是个生活没有规律的人，早餐是必须要吃的，知道吗，一天的营养，全靠早餐来补充，中餐可以随便，晚餐可以不吃，早餐可是必须要吃的。”

朱狸说：“谢谢你，但是我真的吃不下，我只想睡觉。”

曹青说：“你看，你的肤色有点暗淡无光，你知道为什么吗？”

朱狸没好气：“因为我是80年的。”

曹青说：“你不能认命，知道吗？很多女人比你老得多，但是她们会保养，看起来像二十几岁的少女，来来，我买的是全麦面包，很有营养的，还有酸奶，酸奶会促进肠胃蠕动，加速新陈代谢，来来，我给你讲讲我的故事。”

曹青的热情确实是朱狸最无法拒绝的那种，就算她之前已经亲手把曹青送进了地狱，但是她在地狱里热情地向你招手，你能伸下去一脚给她塞进去吗？不能，你只能无奈地也向她招手，这就是我们约定俗成的礼貌。

尽管朱狸有一万个不情愿，也只能冲着在地狱里热烈招手的曹青回报以不太热烈的招手，她无精打采，吃全麦早餐。

但是这健康早餐和凌晨的坏话宵夜都来得有点突兀，简直是莫名其妙，为什么？

吃完之后，曹青点了根烟，幽幽地说："跟你说，80 年的，我以前是个大胖子。"

朱狸看了看曹青，身材很正常，没有胖和瘦的标志，不过想想昨天她的胃口，大胖子前史倒不是没有可能。

曹青说："大胖子，但是我很有毅力，用了几年的时间，减掉 40 斤，变成了绝世佳人，喏，就是现在你看到的样子。我吃过不少药，也看过中医，中医告诉我，身体的流通比较重要，如果出现了任何问题，一定是流通的环节出现了问题。"

朱狸说："看来你已经解决了所有的问题。"

曹青说："当然，你看我现在身材多好，我走在大街上，男人齐刷刷的目光都在我的身体上骚扰，以前我被一团肉包着，从来不知道男人的目光这么淫荡。"

怎么做到的，如此光明正大肯定自己……

朱狸说："谢谢你的早餐。"

曹青说："别客气，你知道今天早上我看到了什么？"

朱狸说："什么？"

曹青说："那个海南人，我一点都没猜错，他召妓了。"

朱狸："啊？"

曹青说："我跑步回来，看到他房间里走出来一个女人，浓妆艳抹很招摇。男人，都不是好东西。"

朱狸说:“也可能是他的朋友吧。”

曹青肯定地说:“绝对是鸡。”

朱狸说:“别人的事，我们少管好了。”

曹青说:“是啊，我现在越来越相信一句话，男人没有好东西，他只是女人身上的一件装饰品，所以，越金贵越好，否则，戴出来丢人现眼，拉低身价。”

朱狸不置可否。

曹青问:“你结婚了吗?”

朱狸说:“还没有。”

曹青大叫:“哇，你是剩斗士啊!”

朱狸说:“有结婚对象，但是一直没有结婚。”

曹青说:“有钱吗?长得怎么样，身体如何?存款多吗?没有房贷车贷吗?有不良嗜好吗?父母健在?难缠吗?我跟你说，结婚不是轻易的事，你要想想清楚哦，我们是好朋友我才这样提醒你的。”

朱狸惊讶:她们已经是好朋友了吗?

这可是太恐怖了。

幸好这只是 X 市一次偶然聚会。

平时曹青在上海，朱狸在北京，大家南北迢迢，幸好，幸好。

既然如此，索性就合乎时宜，寒暄一番算了。

朱狸说:“一切条件都不错，就是没有结婚的欲望。”

曹青说:“我跟你讲，结婚绝对是头脑冲动的表现，你们认识多久了?”

朱狸说:“5 年。”

曹青说:“5 年?! 5 年还没有结婚，你们麻烦了，他不肯结婚吧？男人都是这样，女人一旦沦为免费床板，随时可得，他们就不愿意再付出心思想结婚的事情了。”

朱狸说：“是我不愿意结婚。”

曹青也惊讶：“你？为什么不结婚？我明白了，你一定心里还惦记其他人吧。”

朱狸说：“不是。一切都不是，好了，不谈这个话题了，我要洗漱，一会儿再见吧。”

曹青说：“你的睡衣有点旧了，女人要对自己好点。”

朱狸已经非常愤怒，曹青一边走一边说：“我一会儿来找你。”

朱狸再一次送走了曹青，她感觉一切都糟糕透了，曹青，咪咪，丁艰，小旭，卢迪，召妓的海南人……X 市之行本是为散心而来，却为自己平添烦躁。

罢了。

朱狸拿起电话，拨通了张小姐的电话，请她帮忙预订回程机票，理由是家里突然出事。

张小姐跟丁艰汇报了一下，丁艰立刻打来电话慰问。

当初和丁艰认识，大家是蛮纯粹的关系，现在突然多了咪咪的存在，朱狸想到自己突然被贴上“丁总的人”这一恶心的标签，不由也厌恶起来，她简单寒暄了一下，就挂了电话，一小时后，张小姐已经把机票的信息发了过来，下午 2 点的航班，距离现在还有 4 个小时。

很好。

朱狸收拾好东西，迅速地退房，迅速地拖着基本没怎么打开的行李箱，向机场奔去，几近逃亡。

心乱如麻，又担心其他人打电话来问来问去，干脆把电话提前关掉。

蓝天，白云，机翼，飞翔。

再见了，X 市。再见了，丁太。再见了，可怕的曹青。

北京！北京！

朱狸说："真的，我也觉得很恐怖，所以一回到北京，我感觉整个人找到了安全感。简直像做了一场噩梦，夺路而逃啊！"

北京！北京！

回到北京，推门而入，朱狸才彻底感觉放心。

卢迪正在玩游戏，看到朱狸回来，吓了一跳："咦，怎么突然回来了？"

朱狸说："临时有事，改变了议程。"

卢迪说："饿吗？吃点什么？"

朱狸说："没胃口，累。"

卢迪在冰箱里拿了一些水果，洗好放在桌上，朱狸已经回到了自己的房间。

朱狸和卢迪虽然是情侣，又是同居伙伴，却像两个合租的陌生人。

房子是卢迪的，他英明远见，在房价没疯涨的时候果断入手两居室，当时三环的房子都不过万，父母亲戚帮忙凑了凑，也就买了下来。没想到几年后，卢迪因为拥有房产，变成青年中的贵族，不得不感叹卢迪运气好。

不过遇到朱狸，算他运气不好，换了其他女人，有房子，有前途，大好青年，双手双脚绑住奉上。

要这样想，全世界的好事不能都被卢迪一个人摊上，这不公平。所以，朱狸就是为了平衡卢迪的太好的运气而出现的。

这样一想，果然敞阔了很多。

难怪老人总说:“想开点。”

卢迪在隔壁屋里，用 Q 问朱狸。

“怎么样？有好玩的事吗?”

朱狸回:“没意思，无聊。”

“你不在的这几天，我也很无聊，光练级了。”

朱狸回:“咪咪嫁给了一个有钱人，把华飞给甩了。”

“早晚的事，不是她甩他就是他甩她。”

朱狸说:“你倒挺看得开，所以说婚姻也不能保证什么。”

打完这句话，卢迪立刻出现在门口，很认真地说:“婚姻是神圣的。”

朱狸打了个哈欠:“正因为婚姻是神圣的，才不能轻易，随便，散漫地决定。”

卢迪说:“我可是全心全意，很认真地对待这件事的，我们都不年轻了，没有必要继续吊儿郎当下去了。”

朱狸说:“给你讲个笑话。”

卢迪说:“一说正题你就打岔。”

朱狸说:“要不要听啊?”

卢迪说:“说来听听。”

朱狸就夸张地把遇到曹青的事情简述了一遍，讲得绘声绘色，卢迪皱眉头:“怎么会有这样的人?”

朱狸说："真的，我也觉得很恐怖，所以一回到北京，我感觉整个人找到了安全感。简直像做了一场噩梦，夺路而逃啊！"

卢迪摇头。

朱狸说："再这么下去，我就变成她闺蜜了，这简直比怀抱一个手榴弹更恐怖。"

卢迪说："结婚后，她就不会这么骚扰你了。单身女性都会自动站队沦为闺蜜的。"

朱狸说："她要是再骚扰我，我就立刻嫁给你，好吗？"

卢迪说："真的？"

朱狸哈哈大笑，心想：怎么可能。

洗完澡，朱狸在镜子前面照了好久，然后大声问："我是不是老了？"

卢迪在遥远的卧室回答："再不结婚，你就真老了。"

再不结婚就老了

为了达到主编苛刻的要求，朱狸经常需要倾听很多失败案例，以积攒素材，彻底批判男女关系中的温情，和煦，蒙蔽主义，手拿钢刀心狠手辣捧出血淋淋的人性丑光，以虐待的手段让读者得到被虐的快感。

结婚这件事，100 个人有 100 个看法，但是 100 个人里，至少有 99 个都希望自己找到合适的伴侣结婚，并且婚姻幸福。

是谁输送了这么大的正能量给“结婚”这件事?

放眼望去，婚姻绝对是以悲剧收场的居多，大部分处于“随时准备离”的状态，少数婚姻平静无波，真正美好幸福的，绝对是凤毛麟角。

自从选择了做“专栏作家”，朱狸就彻底破碎了。

每周一篇，解读男女关系，专栏要求“文字犀利，观点通透，看清男女之事，为尚在混沌中的红尘男女敲醒爱情警钟”。

看看这要求，分明逼着朱狸变成非人非神非妖的“WHY”星人。

为了达到主编苛刻的要求，朱狸经常需要倾听很多失败案例，以积攒素材，彻底批判男女关系中的温情，和煦，蒙蔽主义，手拿钢刀心狠手辣捧出血淋淋的人性丑光，以虐待的手段让读者得到被虐的快感。

倾诉者类型1："我该怎么办，我就要失去他了，我好害怕，他经常瞒着我跟其他女人约会，一般我都装作不知道，但是实在过分的时候，就会提出抗议，我看了很多男女关系宝典，知道说话应该注意分寸，我没有哭闹，没有撒泼，很理智，很懂事地和他沟通，谈判，希望他幡然醒悟，但是，谈判的后果是——他不但不悔改，反而理直气壮地劈腿，并且扬言：受不了就滚……我该怎么办，我已经失去最后的尊严，求他，不是求他不劈腿，而是求他不要离开我，他可以继续劈腿，可以为所欲为，可以不必理睬我的感受，但是，不要离开我啊……"

倾诉者类型2："我很恐慌，已经不再年轻了，总不能等到30岁再结婚吧？30岁，多可怕，老姑婆，剩女，没人要的可怜虫，败犬女王……现在20岁的已经闯入情场，我们这些逼近30岁的，难道还有什么余地东挑西选吗？可是，我降低条件找到的男友，也并没有感恩戴德啊，他能找到我这样条件的，难道不应该知足吗？为什么对我不冷不淡，爱答不理，每次都是我先主动打电话，每次约会都是我买单，凭什么呢……"

倾诉者类型3："我为她改变了一切！她说喜欢高大威猛的男士，我就去健身，去买增高药；她喜欢有钱的男人，我拼死拼活做了三份工，只为让她能随便刷我的信用卡；她喜欢古典音乐，我报了班补习这一类枯燥的知识；她爱旅游，我四处收集世界风光指南……我到底哪里做得不对，为什么她还是不满意，对我诸多指责，到底要怎么做才能让她满意?”

朱狸也觉得头疼。

恋爱中，最常见的是“消失型人格”，一坠入情网，完全拿自己不再当人，以别人的意志为转移，苛求自己讨人喜欢，反而把自己变成没个性的小丑，接着开始埋怨连天，戾气无限，朱狸在专栏里狠狠地指出：凡是讨好别人的，最后必遭厌恶。

再回到自己的生活中。

一切平静无波澜，一切按部就班，除了内心的不平稳，朱狸似乎毫无挫折。

卢迪的话在耳边响起:“再不结婚，你就真老了。”

曹青的话也在耳边响起:“80 年的，你真的不年轻了哦。”

保持内心的强大，锻炼超越常人的毅力，争取平等且理智地看待婚姻和生活，难道终究被年龄打倒?

这几年，朱狸开始发现周围人匆匆忙忙小步跑进婚姻内，虽然她很讨厌曹青不知道善意还是恶意的提醒，但是脸上悄悄生长的皱纹确实已经不好意思再继续站在“单身者”的行列中了。尤其是最近的一次同学聚会，有人好事地统计了一下，全班 54 名学生中，只有十几个单身，而且以男性居多，加上朱狸，一共有 3 个女生未出嫁，一个在念博士后，整个人宛如一枚凝固的猿猴化石，另外一个身高不足 1 米 55，每次踩着恨天高也还达不到正常女性的平均身高，有一次她穿的鞋底实在太高了，一个男同学忍不住劝她:“你下来吧。”

然后是自己。

尽管朱狸一直强调自己“有结婚对象，只是没结婚打算”来为自己遮丑，但是承认吗？这确实是丑，连她自己都嫌弃，要说一个人能活得超凡脱俗完全不介意别人的目光，基本都是硬撑。

硬撑啊。

咪咪编造虚假身世来硬撑，她则强调有人要而为没有嫁人的局面找补，原则上都是在硬撑，于是想来，也就没有必要挑剔咪咪喜欢撒谎的个性了。

咪咪也算修成正果，一直吹自己高贵，也算托自己吉言，终于得到了一个貌似高贵的称谓，至少不用为养丈夫四海奔波，这是解脱。

要不干脆结婚算了。

朱狸心一横，想想卢迪从上到下确实没什么值得挑剔的地方。

不温不火确实有点难受，却不是缺点。

小旭倒是让自己五官绽放，全身细胞争相爆裂，但是他说走就走，连个屁都没放一个，或者说，把朱狸像个屁一样敞开肛门放走了，甚至没提前打个招呼。

激情四射屁用啊。

安稳相守才是美德。

这样说起来，卢迪确实是不二人选。

有房子，有存款，没贷款，身高176公分，体重73公斤，比自己大两岁，生活习惯健康，父母虽然健在但是平时往来不多，没任何难缠的迹象，最重要的是，5年内没有任何劈腿花心迹象，一门心思向往婚姻的男人，难道不应该奖赏给他一段稳定的婚姻?

虽然说服自己作为平衡卢迪好运的使者出现让自己心安理得，但是一想到自己可以代表上帝让卢迪得到双重幸福，这种感觉更神圣一些。

再不结婚就老了。

结婚不结婚并不可怕。

原来，不结婚就老了这件事，才是终极恐怖。

穿人民币参加婚礼

余弦前段时间和一个大龄海龟在智斗，据说大龄海龟有点维基百科的意思，样样通，而且喜欢冷冰冰，余弦当然也不示弱，两个人的对话录制下来基本是智力比赛，余弦给朱狸描述的时候，还是很兴奋的，她感觉棋逢对手，却又不敢放松，很刺激。

就在朱狸逐渐说服自己接受婚姻的漫漫征途中，突然接到了余弦的结婚请柬。

余弦是朱狸的好友，是个高智商美女。

前面几年里，余弦一边在跟男人斗智斗勇，一边总结男人经验，她的很多经验给朱狸提供了灵感，和余弦每周必须要见一次，每次都能得到灿烂的灵光，余弦倒也很大方，乐于帮感情匮乏的朱狸总结男女观点。

实战派+理论派，这个专栏不火都对不起这样的搭配。

余弦除了高智商、好身材、美貌之外，还在跨国公司做高层，她是所有高层中最年轻、资历最浅的一位，于是每天在公司里跟女人以及下属们斗智斗勇，公司之外就跟各色男人们斗智斗勇，余弦的生活永远是在战斗。

并且，摩羯座的她似乎很享受这种战斗的过程。

用她的话说，越挫越勇，就是她这样的“战斗咖”。

余弦的职场经验也很丰富，每次斗争都会赢，所有跟她斗的人结局都是离开公司，或者俯首称臣，或者变成她的党羽，总之，余弦是个厉害的角色。

朱狸曾经亲眼看见过一次余弦作演讲，她连演讲稿都没有准备，一上台，口若悬河，精力充沛，口灿莲花，甚至连一个错别字，一个顿挫都没有，完全流利成章，并且严丝合缝，中间配合了英文夹杂少量日文，还引用了无数的典故，演讲一结束，气氛整个都凝固住，接着，片刻的凝固后，席间响起热烈的掌声，大家全部都不由自主地站起来鼓掌，喝彩，由衷地感慨原来天下确实有十全十美的厉害人物。

最近余弦在研究两性心理学，行为心理学，以及 FBI 识人术，星盘学，以及冷读术，据说已经臻入化境，和男人约会只需 3 分钟，立刻可以判定其特征、心理、性格、星座，以及未来，并且屡试不爽。

余弦这样的人，什么样的男人敢近身？

有时候朱狸甚至觉得能跟余弦做朋友，还是很庆幸的事，一次喝茶，朱狸忍不住问余弦，为什么选她做朋友。

余弦坦白又直接地说：“大部分女人容不下我，你是心胸很宽阔的人，所以不是我选择你，是我没得选择。”

朱狸一个手机丢过去，打在余弦的身上，余弦狂笑不止，从那之后，两个人的陌生感荡然无存。

余弦前段时间和一个大龄海龟在智斗，据说大龄海龟有点维基百科的意思，样样通，而且喜欢冷冰冰，余弦当然也不示弱，两个人的对话录制下来基本是智力比赛，余弦给朱狸描述的时候，还是很兴奋的，她感觉棋逢对手，却又不敢放松，很刺激。

朱狸问：“你们都聊什么？”

余弦说：“比如说，万能上帝能不能举起一块自己举不起来的石头啊……”

朱狸做“晕”状，再也不问。

你的蜜糖，别人的砒霜。

这样枯燥的聊天内容，余弦竟然乐在其中，不得了。

果然不是凡人。

朱狸回到家的时候，曾经把这个话题拿出来跟卢迪讨论，卢迪一直在看电视，眼皮都没抬地说：“这有什么好讨论的，根本不存在万能上帝举不起来的石头这个东西，上帝想举起什么就举起什么，只有他自己能创造一块自己举不起来的石头，然后万能地举起来。”

朱狸哈哈大笑起来，笑得前仰后合。

卢迪说：“不管说得多玄，男人的目的也不过就是把女人搞上床，高尚也好，低级也好，无聊也好，有趣也好，殊途同归。”

朱狸说：“那你的目的也仅仅是把我搞上床？”

卢迪说:“我的目的是把你嵌在我的结婚证上。”

朱狸好奇地说:“为什么那么想结婚?”

卢迪说:“因为你一直不想结婚,本来我也不是特别想结婚,但是我想不明白你为什么一直不想结婚,然后我就为了证明自己没那么差,就开始说服你改变想法,如果你改变了想法,我会觉得我其实没那么差,可能也就不那么想结婚了。”

朱狸说:“也就是说,你只不过是在跟我博弈而已?”

卢迪说:“男人和女人,千百年来,不就是一直在战争吗?”

朱狸突然为卢迪的这一番话,变得不高兴起来。

余弦好久没有消息,谁知道再一冒头,竟然要结婚。

看来余弦是搞定了那个维基百科先生,她胜利了。

这天,为了参加余弦的婚礼,朱狸拖着卢迪一起去逛街买衣服,两个人转了一个下午,转到脚软,也没买到合适的衣服。

卢迪说:“至于吗?又不是我们俩结婚,为什么要穿得那么正式?”

朱狸说:“余弦的婚礼,肯定搞得很隆重,对方也肯定是财力殷实的人,我作为她的闺蜜,别给她丢脸才好。”

卢迪说:“那你把一叠人民币贴在身上好了,头上再扎一块金布,上面写着:‘我有钱’。”

朱狸打了卢迪一下,说:“反正你也不是真想结婚,去观摩一下也好,过过瘾。”

卢迪说:“我什么时候说过我不是真想结婚了?我现在每天脑子里想的只有这一件事了。”

朱狸说:“你自己说的,你之所以想结婚不过是因为我一直不想结婚，你不甘心而已。”

卢迪说：“我是开玩笑，我有必要证明自己吗？”

朱狸说：“我现在已经搞不清你哪句话是真的，哪句话是假的，就冲这一点，绝对不可能结婚。”

卢迪说：“你错了，正相反，越是举案齐眉、灵犀相通的，越不应该结婚。”

朱狸说：“谬论！”

卢迪说：“你想，结婚以后还有那么多日子要走，早早地就举案齐眉灵犀相通了，后面的日子要干吗？岂不是逼着俩人反目成仇，相看两厌？”

朱狸说：“你的奇怪理论总是很多。”

卢迪说：“所以说，我分析来分析去，我们俩目前的状态最适合结婚。”

朱狸说：“什么状态？”

卢迪说：“第一，我们俩作息相反，我早出晚归，你昼伏夜出，简直是完美搭配。第二，我喜欢网游，喜欢远足，喜欢打牌，喝啤酒，你什么都不喜欢，只喜欢工作，天作之合。第三，我有房子没贷款，你颠沛流离没欠债，我现在感觉我当年突然萌生买房子的想法完全是为认识你之后收留你而用的。”

朱狸说：“谢谢卢先生慷慨。”

卢迪：“应该的。”

朱狸：“所以……”

卢迪：“所以。”

朱狸说：“再贫下去，我们真的只能穿人民币去参加婚礼了。”

卢迪说：“全心全意，为人民币服务！”

御姐爱正太

这天晚上，朱狸失眠了，余弦脸上分明挂着正牌的微笑，可是一切看上去完全不对劲，这太意外了，她爬起来，开始写专栏：A女到底应该嫁给谁？写了半天，什么也没写出来，最后只好写了一句："A女可能最应该嫁给正太。"

婚礼在一家很秀气的酒店里的一个很秀气的小小多功能厅里举办。

朱狸和卢迪穿着用很多人民币买来的很隆重的衣服来了，在朱狸的印象中，余弦的婚礼一定会别出心裁，既特别又很炫，总之，要配得上余弦才合适。

门外有两个小女孩，面黄肌瘦的样子，正摆着桌子给客人签到。

没有想象中热闹，也没有想象中的熙攘。

朱狸和卢迪签好到，把喜钱塞给两个瘦弱的小女孩，入座。

只有一桌?!

朱狸几乎要惊叫起来，只有一桌?

没看错吧？朱狸还特别把服务生叫来，再三确认这是余弦小姐的婚礼现场？余弦小姐?

服务生很肯定地说："没错，是漆余弦小姐和江太升先生的新婚庆典。"

卢迪问朱狸："余弦为什么不姓余？"

朱狸说："我也刚知道她姓漆。"

正说着，余弦远远地走来，没有婚纱，只有一件红色旗袍，余弦身材确实一级棒，简单旗袍穿出国际T台走秀效果，妆容浓烈，头发随便挽在脑后。

朱狸拉着余弦说："刚才我以为走错了，问了服务生才知道没错。"

余弦说："太升，过来，见见我最好的女友，朱狸。"

服务生走过来，朱狸差点昏倒过去。

如果这不是开玩笑。

一个看上去只有19岁，圆脸，青涩，又略带点叛逆的小男生，江太升？漆余弦小姐的……丈夫？!

糗大了。

刚才竟然把新郎当做服务生。

谁让他长得那样面嫩，而且，也丝毫没有新郎的喜气洋洋的贵气四射。

最重要的，新郎新娘不是应该戴着胸卡的吗？

什么都没有。

一会儿又来了几个人，余弦去张罗，朱狸和卢迪落座，朱狸一直心怀鬼胎，不住地打量仅有的一桌的寒酸摆设，会场甚至没有花，没有气球，没有大幅海报，没有司仪……

这是朱狸所想到，所经历的最不能接受的最简单的婚礼。

开了一瓶香槟，余弦跟大家宣布："我今天要嫁给江太升了。"

然后大家就像同学聚会一样，七八个人要了一桌子菜，随随便便吃完，结束。

朱狸感觉自己搞得珠光宝气，很尴尬，又不是新娘，更不该拉着卢迪一起出丑。

临走的时候，朱狸悄悄跟余弦耳语："这就是你的维基百科吧？"

余弦大笑："八百年前的维基百科了，你记忆力真好。"

朱狸说："他是谁？"

余弦说："我的丈夫啊，江太升，怎么样，样子超可爱吧。"

像在说一只宠物。

朱狸还想多问，余弦已经挎着服务生，哦，不，新婚丈夫江太升的胳膊，满脸幸福地离开了。

朱狸站在原地，久久无法平静。

卢迪撕下了箍在领口的领结，松了口气，顺手摘了朵酒店里做装饰用的假花送给朱狸。

朱狸喃喃自语："为什么？"

卢迪说："什么为什么？"

朱狸说："这不是跟余弦讨论万能上帝的那个家伙。"

卢迪说："当然不是，这是个还没发育成功的花骨朵。"

朱狸说："为什么？"

卢迪说："什么为什么？"

朱狸说："余弦啊，高智商，高情商，完美女神余弦啊，怎么会嫁给还没发育成功的花骨朵？"

卢迪说:“可能跟别人玩智力竞赛玩累了，找个不用比智力的比较容易找到幸福感。生活又不是擂台，累不累?”

朱狸说:“我还是无法接受。”

卢迪说:“你只是没法接受这样简单的婚礼吧，放心，我们俩的婚礼肯定不会是这样的，我会把我所有的存款都浪费在这个仪式上，让你穿着人民币做的婚纱，走在人民币铺成的纸毯上，戴上人民币编成的皇冠，高唱我爱人民币之歌。”

朱狸说:“你还能再俗不可耐一点吗?”

卢迪说:“最俗即最雅，你按我说的办，保证咱们是独一份。”

这天晚上，朱狸失眠了，余弦脸上分明挂着正牌的微笑，可是一切看上去完全不对劲，这太意外了，她爬起来，开始写专栏：A 女到底应该嫁给谁？写了半天，什么也没写出来，最后只好写了一句:“A 女可能最应该嫁给正太。”

都是猫头鹰科动物

> 平日里朱狸因为太理智，太克制，太警觉，太压抑，总是把人分类搁置，所以发现“贴心闺蜜”这个栏目竟然始终空缺。

每当遇到余弦这一类事情的时候，朱狸就很盼望有一个贴心闺蜜。

什么话都说的那种。

平日里朱狸因为太理智，太克制，太警觉，太压抑，总是把人分类搁置，所以发现“贴心闺蜜”这个栏目竟然始终空缺。

乌凉应该勉强算一个，但是她大部分时间都在游荡，一会儿出现在中东，一会儿又到了土耳其，还有一次她在萨拉热窝发来问候，让朱狸无所适从。

小情小爱小情绪都不好意思打扰乌凉，人家在大步走天涯。

幸好乌凉也知己不多，只要她有空，总会在网上找朱狸说几句。

因为朱狸凌晨总是在线，而乌凉也是猫头鹰科动物，昼伏夜出，跟大部分人很难见面。

朱狸把余弦的事情讲给乌凉听，乌凉毫无惊讶，反而说：“这有什么奇怪的，都是天意安排，接受就好了。”

朱狸说："天意为什么安排给她这样一个丈夫？她完全可以……"

乌凉打断朱狸："完全可以什么？朱狸，你正在流于庸俗。"

朱狸果然发现乌凉是对的。

为什么一定要按照世俗的标准去衡量这件事？

选择和什么样的人结婚，本来就是余弦的自由，况且，江太升也没什么不好，只是不如朱狸在内心预设的有财力，有才智，有殷实物质基础而已。

预设未遂，于是失落，庸人自扰。

看，这就是闺蜜的最佳用途，她总能一语点醒梦中人。

想想自己苦思冥想了好几天，简直是无聊。

乌凉开始讲她途中的见闻，朱狸走神了，她反省自己不是称职闺蜜，只关心自己和自己关心的事，实在有罪。

除了乌凉，总是在凌晨出现的还有桃一宣。

朱狸和桃一宣是在一个论坛上认识的，没见过面，不记得怎么搭上话的，总之加了好友，发现两个人总是晚睡，于是一言一语，就变成聊友。

桃一宣很幽默，积极，喜欢开玩笑，跟卢迪的冷幽默又不太一样，属于很通俗的笑话先生，朱狸自感无趣，总喜欢跟说话有趣的人接近，想想也是在消耗别人的库存，有点不厚道。

朱狸也曾经跟桃一宣说过自己的惧婚心理，桃一宣表示理解，他自己也是逃了几次婚，目前好容易才保持单身，桃一宣比朱狸小三岁，所以他单身其实很正常，男人和男人也不同，同样是大好青年，卢迪分分钟惦记把自己绑入婚姻，桃一宣则刀刀闪着敏感的分水岭，用性别来归纳研究人的心理，显然不太合适。

那用什么更合适呢？星座？

桃一宣是射手座，星座说明是，射手座人头兽身，本来就是一半禽兽。

卢迪是处女座，一本正经严肃挑剔？似乎又不是，除了爱整洁爱干净，看不出卢迪有任何处女座特征，朱狸曾经有过一些处女座的朋友，简直就是事儿妈一族，挑三拣四，极其难搞，还怨天尤人，自认为完美。

好吧，停住，工作的时候是在研究人，休息的时候还在研究人？累不累？

管他什么性别，年龄，身高，体重，血型，星座，嗜好，爱谁谁吧。

彪悍到天真

朱狸生平最恨几件事，睡觉被打扰应该排名第一，尤其是对深夜工作、天亮休息的人来说，而且朱狸是重失眠症加神经衰弱症患者，入睡对她来说是多么难的一件事情。

清早，朱狸刚刚停止工作，入睡一会儿，电话突然疯狂地响起来。

朱狸生平最恨几件事，睡觉被打扰应该排名第一，尤其是对深夜工作、天亮休息的人来说，而且朱狸是重失眠症加神经衰弱症患者，入睡对她来说是多么难的一件事情。

朱狸想把手机关掉再重新入睡，却怎么也睡不着，电话拨过去，想骂人。

“亲爱的，80年的，是我，是我啊。”

朱狸的头一下子就爆炸了。

这个声音，宛如前世穿越而来的幽灵，吊诡，奇异，却分外熟悉。

在朱狸已经逐渐忘记曹青是谁的时候，曹青出现了。

曹青出现了?!

朱狸一下子冷汗淋漓，昏昏沉沉的睡意瞬间全无。

曹青还在继续噼里啪啦地说话：“还记得我吗？是我啊，X市。我们见过面的，一见如故的，我是曹青，那天你怎么不告而别，我一直惦记你呢，辗转从张小姐那里要到了你的号码，激动得我半夜都睡不着了，好想你哦！”

又是张小姐。

真是多事的张小姐，此刻朱狸已经恨透了张小姐，恨到开始觉得她超额自己掏钱补贴是活该。

是谁给张小姐权利随便透露自己信息的？

先是出卖她半夜偷偷会见咪咪，接着又把私人号码告诉不相干的人，天知道她接下来还会做出什么事。

想想由于张小姐帮忙订机票，自己的一切信息她都掌握。

太可怕。

曹青还在继续：“你听到我说话了吗？朱80？”

1980已经像烙印一样深深刻在朱狸身上而被曹青牢牢记住了。

朱狸强颜欢笑地说：“我正在睡觉。”

曹青说：“我知道，你总是生活没规律的，以后就好了，我负责叫你起床，早晨6点钟，万物清新，出去换换空气，身体会越来越健康的，而且一定要吃饭哦，要吃全麦的面包，加一杯酸奶，再加点水果就更好了，一天中最重要的一顿饭，一定要在早餐实现……”

朱狸说：“谢谢，但是我真的不需要，我有我的生活方式……”

曹青说：“你的生活方式是错误的，必须要纠正，说好了，以后我每天6点叫你起床，你别总是这样大大咧咧生活，你不精致生活，生活怎么会回报给你精致呢？懂伐？”

朱狸说：“听着，曹青，我是深夜工作者，我平均4点钟入睡，如果你6点钟叫我起床，其实是在间接谋杀我。”

曹青说：“哇，好恐怖，间接谋杀，我可担不起这罪名哦，你要调整工作时间，白天工作，一定要睡子午觉，女人，必须要养，女人都是养出来的，你看我，皮肤吹弹得破，全靠睡出来的！”

朱狸感觉自己的大脑开始爆炸。

曹青说：“朱80，我跟你说一个好消息！”

朱狸说：“什么好消息？”

曹青说：“我就说我们俩有缘分，告诉你，我马上就要去北京了！”

朱狸彻底掉进了无底黑洞：“来北京……为什么？”

曹青说：“说来话长……”

看到曹青要拉开说评书的阵势，朱狸立刻说：“长话短说吧。”

曹青说：“我前几天在朋友聚会上认识了一个电影导演，他一眼看中我了，游说我到北京去发展，我考虑了几天，觉得娱乐圈蛮适合我的，否则我白白长了这么一副花容月貌，简直是暴物天真！”

朱狸说：“是……暴殄天物。”

曹青说：“对对，暴殄天物，我好激动哦，我们又可以见面了，我们一见如故，果然是注定的缘分，亲爱的，我现在都迫不及待想见到你了！”

朱狸艰难而又无措地说：“你什么时候来？”

天啊，朱狸本来应该说：“你他妈的来北京，管我什么事。”

曹青说：“我已经订了机票，明天晚上到北京。”

……

“什么？谁是曹青。”卢迪在玩游戏。

朱狸哭丧着脸说：“就是我跟你说的那个极其让人讨厌的女人。”

卢迪说：“哦，她要来北京，北京欢迎你，为你开天辟地——这跟你有什么关系？”

朱狸说：“她说我是她的好朋友。”

卢迪扑哧一下笑场。

朱狸说：“怎么办啊？我从来都没有要跟她做朋友的意思，别说做朋友，就连保持联系，我也不愿意啊，你不知道那个女人有多么恐怖。”

“多么恐怖？”

朱狸说：“她管暴殄天物叫暴物天真。”

卢迪说：“果然是彪悍到天真。”

朱狸说：“怎么办？”

卢迪说：“恭喜你，你不是一直耿耿于怀自己身边没有一个知心女友，贴心闺蜜吗？现在，她出现了。”

“拜托！你能别冷嘲热讽吗？我现在需要你的建议，需要你的帮助！”

卢迪说：“爱莫能助。”

朱狸说：“这么无情？”

卢迪说：“你既然不喜欢她，为什么不直接告诉她？”

朱狸说：“我怎么直接告诉她，难道我说：我不喜欢你？”

卢迪说：“当然，我们必须要诚实表达内心的情感，才能不给自己找麻烦。”

朱狸说:“我做不到，我已经暗示她，也一直在疏远她了，随便一个人，都能读出我的行动语言是我不喜欢你，为什么她读不出来?”

卢迪说:“其实很简单，从现在开始，不接电话，不回信息，换号码，断绝和她有关系的所有人的联系。”

朱狸说:“这样可以吗?”

卢迪说:“当然。”

朱狸念念自语:“只能这么办，关机，装死，她来她的北京，关我什么事……”

说完，朱狸回到了自己的房间，卢迪跟过来说:“我记得我们俩好像说过，如果曹青再出现，你就……”

朱狸错愕。

必须结婚的理由

卢迪说："没必要，你的过去跟我没关系，我的也是，我们现在要讨论的是现在和未来，不要浪费精力在已经不存在的东西身上。"

朱狸拉了一个凳子，很严肃地对卢迪说："来来，我们今天认真来谈谈这件事。"

卢迪说："谈吧，干吗还要正襟危坐？我斜靠在墙上不能谈吗？万一谈得不如意，我还能就势坍塌在墙边。"

朱狸说："还是坐下来谈吧，站着显得没有诚意，而且轻浮。"

卢迪只好坐下："谈吧。"

朱狸说："你是真的很想结婚？"

卢迪说："真的。"

朱狸说："不开玩笑，为什么你那么想结婚？"

卢迪说："跟你不想结婚一样，说不出理由，感觉有个神秘的力量在控制我，召唤我，必须要结婚，否则我得不到平静。"

朱狸想了想说："不是因为你爱我，你需要我，你离不开我，而只是因为——神秘的力量控制了你？"

卢迪说："神秘力量控制了我的潜台词就是，我爱你，我需要你，我离不开你，否则，神秘力量能控制得了我吗？”

朱狸说：“你总是玩文字游戏，能正经点吗？”

卢迪说：“哪里有不正经？”

朱狸说：“我们交换过去吗？”

卢迪说：“没必要，你的过去跟我没关系，我的也是，我们现在要讨论的是现在和未来，不要浪费精力在已经不存在的东西身上。”

朱狸说：“你不觉得过去很重要吗，它影响后来的一切。”

卢迪说：“那都是心理学家词穷的把戏，什么童年受创，成年变态，都是扯淡。”

朱狸说：“请你尊重我的工作。”

卢迪说：“我没有不尊重你的工作，但是没有根据的事，你也别企图让我信服。”

朱狸说：“我现在告诉你我不想结婚的理由，然后你告诉我你想结婚的理由，我们看看谁能说服对方，就服从对方，怎么样？”

卢迪不置可否。

朱狸说：“我不想结婚的理由，第一个，对未来未知的恐惧。”

卢迪说：“谁也不能给谁拴一个保险绳，即便是单身，结婚，离婚，未来无法预测，所以完全不用恐惧，接受就好了。”

朱狸说：“第二个，我不知道我是不是能一直保持忠诚，你知道，我是很看重婚姻和承诺的人，我不希望结婚后发生婚外的感情，所以……”

卢迪说：“你完全没必要担心这些，即使你发生了婚外的感情，或者我发生了婚外的感情，这都是很正常的事情，谁也不是为谁准备的，而且，我们其实应该尊重感情，好聚好散。”

朱狸说：“你倒是挺开明的。”

卢迪说:“是你太紧张了，比如说，这个阶段，我认为你是合适我的生活伴侣，那么我就会选择你，也许5年前，你并不是，我也不会选择你，更可能的是，5年后，你又不是了，那时候也可能会有其他选择。”

朱狸说:“你这样让我更害怕婚姻。”

卢迪说:“我希望你学会人生最重要的功课——顺其自然。”

朱狸说:“你的意思是，我可以随意变心，也不用有任何心理负担?”

卢迪说：“我说了，你要学会的是顺其自然，而不是故意为之。”

朱狸说：“好吧，顺其自然，如果感觉不合适了，可是随时分手。”

卢迪说:“希望永远不要有那样的时候。”

朱狸说:“成交。”

卢迪说:“什么成交?”

朱狸:“结婚，你不是想结婚吗？成交。”

卢迪一时没反应过来。

朱狸说:“你不惊喜?”

卢迪说:“你的意思是?”

朱狸说:“是啊，你说服我了，我承认，我太紧张了，我赋给婚姻太多的定义，赋给人生太多的包袱，累。你说得很对，顺其自然，是我必须要学习的一课，不如就从我们的婚姻开始吧!”

卢迪一下子抱住了朱狸，久久没动。

朱狸说:“你不会哭了吧?”

卢迪没动，没有哭，也没有笑，没有疯狂，也没有激动，就这样紧紧地抱住朱狸，久久没有动。

从流浪情侣到爱人同志

这期专栏朱狸果然在写求婚，各种各样稀奇古怪的求婚，写着写着，自己就笑了，还好，有人向自己求婚，不至于败犬女王30多岁无人问津，像挂在橱窗里的昂贵奢侈品，只有被陈列展览的份儿，根本没人要。

完全和朱狸想象中不同。

想象中，求婚的场面应该浪漫和富有戏剧性，像所有影视作品和文学作品里描述的那样，烛光，鲜花，戒指，屈膝跪地，动人的誓言，激动的泪水，一幕永远值得回忆的经典大戏。

朱狸的求婚场面像是开会，俩人坐在一起，说来说去，然后拥抱了一下，立刻从流浪情侣变成伟大的爱人同志。

朱狸打电话问候所有认识的人，求婚的场面是什么样的。

她要收集一些能说服自己的，跟文学艺术作品温和的场景不同的，不至于被自己完全颠覆性的求婚场景打败。

朱狸给咪咪打电话。

咪咪出现在电话里，脱掉了墨镜和围巾，又变回喜欢说话的平常人。

声音也不再压抑到古怪。

咪咪说:“当初华飞求婚，很浪漫的，蜡烛，戒指，他把戒指藏在蛋糕里，我咬了一口，差点误吞下去……”

朱狸说:“好熟悉的场景，抄袭的哪个作品?”

咪咪说:“哎呀，这不重要。”

“重要的是，我们接着出去兜风，华飞骑着借来的摩托车，结果我们出了车祸，差点死掉，对方是个硕大的货车，就差一厘米，我们俩就被刮到轮胎下，变成肉饼。”

朱狸想笑，觉得不合适。

咪咪说:“然后我们俩就立刻决定结婚了，生死无常，一起经历过死亡的人，必须要在一起。”

朱狸说:“后来还是分手了。”

咪咪说:“是啊，反正已经在一起了，也一起纪念过死亡了，所以就可以分手了。”

朱狸说:“那，丁艰呢，他怎么向你求婚的?”

咪咪说:“不告诉你。”

朱狸说:“说说看，很好奇。丁艰那么江湖的人。”

咪咪说:“我要是说是我向他求婚的，你会吃惊吗?”

朱狸果然成功被窒。

咪咪笑着说:“遇到对的人，必须要下手狠辣，等着他来求婚?稍不留神，一群情敌就会强势插入，必须快刀斩乱麻，告诉你，朱狸，我在跟丁艰求婚的时候，甚至还没告诉华飞要离婚。我走了一着险棋，豁出去了，不成功就死，结果成功了，没死，升天了。”

朱狸打电话给余弦。

余弦正春风得意，在凤凰度蜜月。

朱狸一直以为余弦的蜜月至少会在马尔代夫进行的。

余弦说:“马尔代夫不就是一片海吗?全世界的海长得都差不多，青岛就OK了，实在不行还有大连，甚至北戴河也不错，不用劳神伤财向外跑。”

朱狸说:“我想知道江太升是怎么跟你求婚的。”

余弦说:“就很简单啊，问我愿意不愿意嫁给他，我就答应了——这期专栏写求婚?”

朱狸说:“仪式呢?”

余弦说:“没仪式，就像谈生意一样，双方达成一致，成交。”

朱狸大笑起来。

成交这个词，她刚说出来，婚姻果然像交易。

朱狸不甘心，问:“他到底怎么俘获你的?”

余弦说:“没有俘获我，就是他很迫切想和我结婚，我也觉得他不错，就结婚了。”

朱狸说:“因为之前你的爱情经历太惊心动魄了，万能上帝搬起自己搬不起来的石头……”

余弦说:“那些人都是兜兜转转，没一个提结婚的，青春宝贵，谁跟这帮蠢人浪费?我现在好享受生活，日日是晴天。”

朱狸还在琢磨，余弦说:“不跟你说了，我的小可爱来了，我们去爬山了。”

小可爱——又像是在描述宠物。

这期专栏朱狸果然在写求婚，各种各样稀奇古怪的求婚，写着写着，自己就笑了，还好，有人向自己求婚，不至于败犬女王

30 多岁无人问津，像挂在橱窗里的昂贵奢侈品，只有被陈列展览的份儿，根本没人要。

如果不躲开

然而，命运总是很顽皮，明明朱狸明白在什么时候该怎么刹车，会给自己带来绝对的安全和保障，但是她偏偏没有刹车，不但没有刹车，反而蒙上眼睛走上了不归路……

连续几天，朱狸沉浸在求婚成交，即将步入婚姻殿堂的兴奋和新奇之中，竟然忘了开机。

这天朱狸要打电话的时候，四处找不到电话，才想起来已经几天没用手机。

找了半天，才在床缝里找到手机，原来没有手机的日子也没有想象中那么难过。

朱狸打开手机，一条一条的短信和一个一个未接电话冒出来。

曹青。

真的，乐不思蜀，庞大的欢喜，竟然把硕大的麻烦曹青挤到九霄云外。

曹青的抱怨，愤怒，着急，焦虑，全部都在未读信息和未接来电中。

这几天没开机，曹青发来了 114 条讯息，打了 237 个电话，语音留言台留言78条。

这到底是一个精力多么充沛的女人，简直是一颗随时爆炸的炸弹。

换了朱狸，致电给他人，一两次不接，立刻明白，再不会打扰。

世间偏有曹青这样一款女人，不眠不休，锲而不舍，顽强攀登，宛如……拍不死的蟑螂。

朱狸正拿着电话沉思，电话突然打过来，朱狸怀着无比愧疚而软弱的心态，竟然双手发抖。

还是不要接了吧，即便曹青不舍不弃，总也有累的时候，当她打到500次电话都未接的时候，一定能明白朱狸的用意了吧?

打定主意，朱狸把手机关了静音，把手机扔到抽屉里，泡面，做瑜伽操，听音乐。

当朱狸再次拉开抽屉的时候，朱狸彻底惊呆了，曹青已经拨了613个未接电话，又发了371条未读短信，新语音留言29个。

朱狸彻底倒塌了。

朱狸最害怕遇到经验之外的事，她总是按照正常来讲去衡量问题，一旦遇到曹青这样和正常没关系的人，朱狸终于垮掉。

朱狸哆嗦着，用罪不可赦的窘态拿起手机，下定决心按到一条留言，曹青的大嗓门狂烈地喊来:“亲爱的，我快急死了，你出什么事了，我要打110了，真的，你是不是被绑架了，我知道你为人很忠厚，朋友也不多，所以你求救无门，但是我是你的朋友，我不能坐视不顾，我一定要救你，救你，救你……”

朱狸晕过去了。

朱狸颤抖地把电话拨过去，用极其微弱的声音说："曹青……是我。"

曹青接到了朱狸的电话，疯狂地喊："亲爱的，朱80，吓死我了，你知道我多么担心你吗？我简直要吓死了，你是我北京最好的朋友，我不知道你发生了什么，但是我可以想象你的无助，一个正常的社会人，一个有用的人，怎么可能连续几天手机都不通，一定是出事了，你知道我多担心你吗？我才知道我是多么关心你，我们的友谊多么重要！我以前都不知道我会有你这样在乎的朋友，80啊80，我已经打了110了，现在怎么办，我正在110录口供……"

从110出来的时候，朱狸面色铁青，曹青则旺盛而激动，她踩着14厘米的高跟鞋，颤巍巍地跟在朱狸后面，喋喋不休地说："原来你的手机掉在水里了啊，真是误会一场，哈哈，不过也算是一个考验，对我们友情的大考验，我通过这一次考验知道了自己对你的友谊是多么深厚，我们简直是相见恨晚，我这些年一直在找像你这样的一个朋友，可惜，身边的女人不是太奸诈就是太愚蠢，我根本看不上眼，她们怎么有资格做我曹青的朋友，开玩笑！亲爱的，朱80，我好爱你，我现在在北京，我们可以经常在一起了！"

朱狸鼓足勇气，站住，对曹青说："对不起，刚才我说谎了。"

曹青说："什么说谎？"

朱狸说："抱歉，我在110说谎了因为我不想太麻烦，所以索性说了个谎，其实我的手机没有掉在水里。"

曹青说："啊？那你……到底发生了什么？"

朱狸很艰难地说："其实，我是想……躲开你。"

曹青瞪大了眼睛，不敢相信似的。

朱狸说："是的，我是想躲开你，因为……正如你所说的，如果我不躲开，就会每天被你6点吵醒；如果我不躲开，就会被你监督去吃见鬼的全麦面包；如果我不躲开，就会接到你永无休止的电话；如果我不躲开，就会变成你的好朋友；如果我不躲开，就没办法对我的内心交代；如果我不躲开，就会掉入你的魔爪；其实我只想跟你说一句话，我很讨厌你，我不想认识你，不想见到你，不想和你保持联系，不想和你做朋友，不想和你沾上任何一点关系。"

OK。

如果朱狸做到这样，我们的故事就此结束，画一个很圆满的句号，也就不会有后来精彩波澜，跌宕起伏，动人心魄的故事，朱狸会终于整理好被揉皱的时光，重新回到她的波澜无惊中去，和卢迪结婚，从此过上再也不用遮三挡四的生活，然后慢慢迎接人生接下来的旅程，比如说做母亲，比如说变老，比如说直到生命终结……

然而，命运总是很顽皮，明明朱狸明白在什么时候该怎么刹车，会给自己带来绝对的安全和保障，但是她偏偏没有刹车，不但没有刹车，反而蒙上眼睛走上了不归路……

让我们再倒带回去，从110走出来，朱狸在前面，曹青踩着14厘米的高跟鞋在后面，颤巍巍地说："朱80，我好爱你，我在北京，我们可以经常在一起了……"

朱狸转过神来，笑比哭还难看地说——

“真高兴，太好了。”

一切，终于拉开了帷幕。

朱狸和曹青，这两个八竿子打不着，完全三观不合，基本没有任何交集的人，在命运的安排下，在宿命的种种巧合下，变成坚不可摧、无懈可击、固若金汤、毫无悬念的——闺蜜。

买单的总是我

一路上，朱狸不断安慰自己，不要那么计较，她刚刚到北京，人生地不熟，请她吃顿饭也是应该的，至于打车……绕一圈送送她，虽然有点令人心里不舒服，但是毕竟也算是尽到了地主之谊，二三十块钱的事，无所谓了。

花了300块钱，差不多三个小时，在一个安静的小餐馆里，终于听曹青讲完了她的京沪之行。

大概意思是在联系不到朱狸的情况下，曹青翻江倒海地在各种名片册中找到一个没交情的上海女孩的联系方式，据说那个女孩在北京如鱼得水，她连哄带骗，撒娇恐吓，拖着上海的行李箱，住到了女孩的家里，这个女孩叫joe。

现在的状况是，曹青和joe同居一室，房租分摊，其他一切费用均摊，暂时落落脚。

曹青说："要是早点能联系到你就好了，我就不用跟那个三八凑合在一起了。"

朱狸说："我能帮你什么呢？"

曹青说："你可以帮我找找便宜又高档的房子啊，在我到北京之前，帮我先定下来，我来之后就不至于连个落脚地都找不到了。”

朱狸喝了口水，暗中庆幸自己英明，不开手机是决定性的正确。

曹青说：“现在先将就一下吧，我刚到北京，人生地不熟，一切都靠你了。”

朱狸一口水没咽下去，差点呛到。

曹青说：“你不知道那个三八长得多难看，年纪也不大，长得像个大妈，一身肥肉，看上去至少120斤，哎，没有身材的女人哪里可能有未来，我都替她发愁。”

朱狸没说话。

曹青说：“所以说，你虽然年纪大了，也不能放弃自己——你怎么竟然没化妆就出门了。”

朱狸说：“我没有习惯化妆。”

曹青说：“女人不化妆是没有未来的。”

朱狸有点烦了：“还是继续说你的事吧，别再讨论我。”

曹青说：“说起那个三八，虽然我们俩只住了几天，但是我已经严重发现她变态了，你知道她每天在干吗？每天都在大吃大喝，晚饭吃那么多肉，还有米饭，没等消化，就坐在电视机前面嗑瓜子，你说，她能不胖吗？吃完瓜子，瓜子皮也不扫一扫，吐得一地都是，什么意思？难道让我打扫吗？没门！我可不是吃素的，我跟她已经约法三章，大家要各自遵守，打扫卫生这一块，我只管我自己的房间，垃圾嘛，一人倒一天，哼，别想让我吃亏！”

朱狸叹口气，曹青说：“你怎么叹气了？”

朱狸说：“其实她对你蛮好的，自己一个人租房子轻松自在，但是愿意收留你……”

曹青尖叫：“有没有搞错，我可不是白住的，我是付房租的！付房租的！一人一半，我的房间比她的还小两平米，两平米不是钱吗？她根本不是在帮我，她是在帮她自己，就她那种人，谁愿意跟她合租，简直一头野猪！”

朱狸在心里替那个可怜女孩喊冤，但是又无可奈何。

曹青继续说：“我从来没见过那么爱吃的女人，一天到晚喊自己胖胖胖，一天到晚却总是往嘴里塞塞塞，你知道她都吃什么吗？鸭脖子，鸭肠子，油腻腻的，看着就反胃，还热爱卤煮，那个味道，我真的好想杀人！……要知道，我很怕风吹的，所以总是关着门窗，满屋子都是腥臊恶臭，半夜还叫麦当劳外卖，一个人吃掉两个汉堡！my god！——朱80，我要提醒你一下了，我发现你这几天好像胖了一点，看你的肚子……”

朱狸还没从“坏话云”的氤氲中爬出来，猛地被指责“发胖”，下意识地收了一下腹部，低头看了看，收身的衣服果然是女性的天敌，任何一丝偷偷摸摸的肉都无处藏身，朱狸又尴尬又恨，即刻决定减肥。

数落完了三八合租伙伴的种种不是，曹青终于累了，她暂时休息了一下，朱狸问：“投资人那边怎么样了？”

其实朱狸有点奇怪，明明是投奔了投资人而来，怎么却像逃荒青年？

曹青说：“投资人现在一心迷恋我，但是我要调查好他的身家背景，不能轻易相信男人，以免上当受骗。”

朱狸说：“你来都来了……”

曹青说：“那不一样，我考察过了，北京的娱乐圈市场比上海有潜力，我可是正宗上海囡囡，我来北京只不过是为了更上一层楼，你可不要把我看成是那些穷屌丝北漂啊！”

朱狸说：“没有人会那样看你，你没有必要这么焦虑。”

曹青咕咚咕咚喝了一瓶饮料，突然问朱狸：“南五环的房子贵吗？”

朱狸说：“你要买房？”

曹青说：“不是，那个投资人，10年前在南五环买了房子，至今还在还贷款。”

朱狸瞪大眼睛：“10年前，那时候房价应该非常低。”

曹青说：“是啦，这就是问题所在。你看，一个号称上亿身家的投资人，怎么会到现在还在供一套10年前的破房子？这里面绝对有诈！”

朱狸说：“也不一定，没准是别墅，好几百平的那种。”

曹青说：“我早都套出来了，什么别墅，就是一套两居室，想骗我，门都没有，这几天我已经把功课都做好了，哪里是有钱人聚集地，哪里是穷屌丝集中营。”

朱狸由衷地说：“你太厉害了，我在北京生活30年，出门就迷路。”

曹青说：“我已经规划好人生的方向了，在北京，有那么多的好机会，我曹青一定要出人头地。”

朱狸说：“你打算做什么？”

曹青说：“第一，我要混进娱乐圈，做演员，主持人，第二，我要找个有钱人，能够帮助我的事业，不过这两者也可以合二为一，一步到位。”

朱狸说：“祝你成功。”

曹青说：“你把你的资源整理一下，看看有没有能帮助我的地方，那些有钱有势的人，别吝啬，都介绍给我。”

朱狸说：“我不认识什么有钱有势的人，我也不喜欢应酬，平日除了写作就是睡觉，基本和社会脱节。”

曹青说：“哎呀，你不能这样啊，你不能放弃自己，只要我们一息尚存，就要努力往上爬，踩着男人的鼻子爬，我们会成功的！”

朱狸错愕，说：“我们的生活目标是不一样的，我不想成功，更不想爬，尤其是踩着男人的鼻子……”

曹青说：“女人要是放弃自己，就只能一辈子穿地摊货，一辈子背仿版包，一辈子戴水钻，太悲惨了。”

朱狸看了看表，说：“差不多了，我该回家了。”

曹青说：“明天你有空吗？我们一起吃午饭吧？”

朱狸说：“再说吧，我不习惯安排明天的事。”

曹青说：“好吧，好吧，你回家，打车捎我一段。”

朱狸有点气不过，但是也没太表示反对，打车绕了一圈，把她放在小区门口，自己打车走了。

一路上，朱狸不断安慰自己，不要那么计较，她刚刚到北京，人生地不熟，请她吃顿饭也是应该的，至于打车……绕一圈送送她，虽然有点令人心里不舒服，但是毕竟也算是尽到了地主之谊，二三十块钱的事，无所谓了。

但是，没想到，这只是一个噩梦的开始。

从第一次请曹青吃饭开始，连续三天，曹青都会打电话约朱狸见面，或者喝咖啡，或者吃饭，或者购物，或者酒吧喝酒，只要一出现买单项目，曹青就自动装死，而朱狸又特别爱面子，回回都是主动把钱包掏出来，钞票一张一张跟自己吻别，就这样，曹青有一天在电话里还突然跟朱狸说："朱80，你要对自己舍得一点，你看你，这么会过日子，什么都不舍得买的样子。"

这句话把朱狸彻底激怒。

朱狸说："拜托，我对自己舍得一点？我们俩见面回回都是我买单，吃饭，甜点，喝酒，咖啡，打车，甚至给乞丐施舍，哪一次你花过钱？不花钱的人跑来指责别人小气？"

曹青沉默了，朱狸也知道自己这通话有点过分，不等曹青反应，先就挂了电话。

晚上，朱狸和卢迪面对面在各种杂志上选结婚用品。

朱狸把杂志推到一边，气呼呼地说："曹青是不是太过分了？"

卢迪没抬头："怎么了？"

朱狸说："凭什么回回都是我买单，我欠她的吗？"

卢迪说："是她让你买单的吗？"

朱狸说："那倒没有……但是！"

卢迪说："我猜就是。你看，你又没那么慷慨，却总是爱面子抢着买单，买完单心里不舒服，给人脸色看，买了单又得罪人，你呀。"

朱狸说："你怎么知道的。"

卢迪说："你说呢？"

朱狸说："事情是这样的，约我的是她，但是她每次买单都不积极，怎么办？难道我也装死，比谁的脸皮厚？"

卢迪说："首先，你为什么会跟她突然这样亲密起来？我记得你说你永远不想见到她，甚至不想联系她。"

朱狸说："是啊！可是……"

卢迪说:“再次，为什么她一约你，你就像接到圣旨一样出去，你不能自己安排自己的时间吗?”

朱狸语塞，卢迪说得一点没错，为什么会跟曹青变成闺蜜，为什么一边憎恨买单的总是自己，又一边忙不迭地总是去赴约?

朱狸发誓:“从明天开始，我再也不会跟她见面，管她用什么样的借口。”

卢迪冷笑了一下，表示不信，换话题问:“这个酒店怎么样?”

对不起，我不喜欢女人

曹青说：“我那个同居女友，我跟你说过的，那个贪吃的大肥婆，你说她奇怪不奇怪，她的账户，三天两头有男人给她打钱，而且她总是约会多多，我都觉得好奇怪哦，我这么美，这么性感，怎么没有男人往我的账户里打钱，而且我的约会比她少，太不公平了。”

第二天，一大早被快递送货员吵醒，签收了一下，是几天前网购的衣服和书，朱狸昏沉沉地回到床上打算睡个回笼觉，电话疯狂地响起来。

是曹青的电话。

朱狸狠狠地再次发誓，别想让我再见你了。

曹青孜孜不倦地打，朱狸就是不接，过了一会儿，电话安静了。

朱狸刚要躺下睡觉，来了一条信息：亲爱的，快点回电话，有重要的事！

朱狸犹豫了一下，曹青遇到麻烦了？不管她——可是，也不至于这样绝情。万一她真遇到什么麻烦了，袖手旁观总是不应该的。

朱狸最后还是决定回电话过去，想到自己在电话里疯狂地怒吼，也觉得有点惭愧，不知道该怎么面对。

曹青接起电话，用特有的高分贝又娇嗲的上海口音说："80，80，快点收拾一下，中午带你去吃日本料理。"

朱狸差点怀疑自己出现幻听。

带我……吃日本料理?!

曹青说:"听到了吗，快点收拾一下，10点半，我们集合。"

朱狸挂了电话，愣了半天，忽然觉得不太对劲，她没听错吧，曹青说带她去吃饭，而不是"我们一起去吃饭吧"这种带有"你请客"强烈暗示性的邀请?

朱狸看了看表，9点多，还有一点点时间来考虑赴约还是拒绝。

朱狸打电话给卢迪。

卢迪说:"你别告诉我昨天发的誓，今天就失灵了。"

朱狸说:"问题是，她说要带我去吃饭，你说，会不会因为我对她怒吼，她反省了，对我表示歉意呢?"

卢迪说:"也有可能啊。"

朱狸说:"这么一说，我倒是有点不好意思了呢。"

卢迪说:"好办，你继续买单。"

朱狸说:"做梦。"

说完，朱狸开始梳洗装扮，还特意换了件新衣服，兴致勃勃地去赴约了。

路上，朱狸自我反思了一下，她很讨厌曹青的"先敬罗裳后敬人"的论调，但是为什么会因为要见她，而违背自己意愿，换上新衣服新鞋子，拎上新包？难道是为讨好曹青，答案肯定不是，那么答案是什么？是隐藏不露的虚荣心吗？还是其他什么神秘的答案？

另外，既然讨厌她，为什么要去赴约，心里还觉得挺高兴的？

轰塌。

这倒是值得谈论的话题，不喜欢的人，有时候却总是跟他们纠缠在一起？多好的专栏内容。

曹青远远看到朱狸，花枝招展地跑过来，她穿了一件流苏露肩的短裙，14 厘米高跟鞋，上面镶满了钻石。

曹青一下就搭住朱狸的胳膊，亲热地说："亲爱的，你昨天发火，我深深地检讨了一下自己，我确实太马虎，神经太大条了，你不提，我都没意识到我们在一起总是你买单，对不起哦，你别生我的气，我拿你当姐姐的，所以有时候没大没小，以后我一定注意，你千万别生我气哦。"

朱狸面对这一篇热烈的表白，彻底投降了，她作起自我检讨，两个人检讨与自我检讨并行，搭了辆车，就来到一个日本料理店，下车的时候，曹青确实抢着付账，但是奇异的事情又发生了，朱狸以更强硬的姿态，付账。

到了日本料理店，一个长相很欧化，身材很壮硕的男人来打招呼，和曹青亲昵热情。

曹青介绍朱狸："这是我的好朋友，朱……"

朱狸没等"80" 出口，自我介绍："你好，我姓朱。"

壮硕男点头:“我姓程。”

坐定之后，壮硕男很熟稔地点了几个菜，然后问:“你们有喜欢吃的吗?”

朱狸想起第一次跟曹青一起吃饭，X 市，曹青点菜的壮举，不禁替壮硕男捏了一把汗。

不过出人意料的是，曹青没点菜，她忙着照镜子，涂口红，顺便自拍。

朱狸当然不可能再点什么，服务生走了，一会儿，壮硕男点的菜一一上齐。

壮硕男很会点菜，七七八八摆了大半桌子，茄子萝卜蒜，没什么值钱的菜——朱狸突然意识到自己越来越市侩了，她不禁偷偷看了看曹青，曹青明显沉浸在自我欣赏中，根本没顾得上什么菜不菜的。

自我欣赏了一会儿后，曹青显然很满意。

曹青对朱狸说:“给你讲个百思不得其解的事。”

朱狸说:“什么事?”

曹青说:“我那个同居女友，我跟你说过的，那个贪吃的大肥婆，你说她奇怪不奇怪，她的账户，三天两头有男人给她打钱，而且她总是约会多多，我都觉得好奇怪哦，我这么美，这么性感，怎么没有男人往我的账户里打钱，而且我的约会比她少，太不公平了。”

曹青大声嚷嚷，完全视壮硕男为空气，朱狸有点吃惊，她完全没搞清楚壮硕男的身份，再看看壮硕男，似乎也不怎么在乎，还笑眯眯地听曹青大讲八卦。

朱狸说:“也许她有其他过人的魅力，外在的东西太浮夸，容易欺骗人。”

曹青说:“她能有什么魅力，一个大肥婆，每天双手沾满油地吃吃吃，一肚子救生圈，还有脚气……哎呀，太恐怖了，怎么会有男人喜欢这样的女人，还给她花钱。”

朱狸看了看壮硕男，说:“这里有男人，可以现场采访一下，男人到底喜欢什么样的女人?”

曹青说:“对啊，对啊，程什么来着?”

壮硕男说:“叫我程就可以。”

曹青说:“对，程，你说说，男人到底喜欢什么样的女人。”

壮硕男很深沉地思考了一下，然后极其认真地说:“这个问题我恐怕答不出来。”

“为什么?”

“因为……我不喜欢女人。”

曹青和朱狸同时把嘴张成O型，惊诧。

回去的路上，朱狸问:“你和他怎么认识的?”

曹青说:“我和他不认识啊，他在网上给我发信息，说想认识我，我就答应了啊，我怎么知道他是个死变态啊!”

朱狸说:“你胆子也太大了，毫无了解的陌生人，网上约见，你就敢见?!”

曹青说:“我这不是拉着你一起吗?”

朱狸说:“你对我可真好，万一遇到连环杀人案，我陪你一起被杀，是吗?”

曹青立刻换上讨好的微笑，说:“怎么可能，虽然没见过，我还是有基本判断的，你看他虽然喜欢男人，不过也还是在网上偷偷约会女人，说明他不是个纯正的变态，也可能是男女通吃的类型……”

朱狸说：“我怎么越听越觉得更像变态？”

曹青说：“别管他了，小插曲而已，这种人就是我们生命中的飞虫而已，没重量，也没杀伤力，更没停留的可能，甚至还不如一只蚊子，蚊子好歹还会找机会咬我们一口，给我们留个包，让我们难受几天，飞虫，全都是飞虫，让它们悄悄飞过去就好了，不要浪费精力研究它们。”

朱狸说：“下次这种冒险约会，可别托上我，拜托了。”

曹青说：“好好，我记住啦。”

朱狸说：“我下午还有事，你呢？”

曹青说：“我也有事，我下午要去试个镜，是一个广告。”

朱狸说：“恭喜啊，那么快就开工了。”

曹青说：“是个保险套广告。”

朱狸说：“保险套？”

曹青说：“是啊，不过管它呢，保险套也是日用品，如果把我的头像印到保险套上，我很快就红了。”

朱狸说：“你真想得开。”

曹青说：“必须要想得开，豁得出去，左思右想，什么都办不成的。”

朱狸说：“好吧，祝你成功。”

曹青说：“哎，你别走，我话还没说完呢。”

朱狸说：“还有什么事？”

曹青说：“我跟你说啊，你好歹也是个专栏作家，你要学会包装自己，包包嘛，一定要买一个爱马仕唬唬人的，我跟你说，这个社会很现实，很势利，如果你不包装自己，人家都以为你过得穷困潦倒，戴上有色眼镜，会把你的身价打折的。”

朱狸火了:“你别老跟我说这些行不行？我干干净净一个凭本事吃饭的，你老拉着我进你们娱乐圈干吗？告诉你，我看不上你们这些物质论者，你知道你们这些都是奢侈品奴隶吗？奢侈品能帮你加分吗？都是营销大师们的杰作，你们都是没有灵魂，被人牵着鼻子走的可怜虫!”

朱狸发泄完怒火，有了一种不吐不快的愉悦感。

曹青说:“好好，我不说啦，你看你，那么容易生气，别老生气，生气伤肝火，又容易老，人一老了，就没市场了，再花费昂贵的费用去打玻尿酸，去拉皮，去埋金线……”

朱狸连连摆手:“停停停，我算是跟你没法对话了，我走了，你赶快去拍你的安全套广告吧，再见。”

正好来了一辆车，朱狸钻进车里落荒而逃，曹青还在后面奋力摆手跟她告别。

朱狸无奈了。

微妙的和谐感

如果她没犯刚才那个低级错误，跟乌凉聊一会儿结婚以及婚姻的事，跟桃一宣侃一会儿讨厌的闺蜜，真的是蛮愉快和放松的，现在，话题一对调，微妙感破坏不说，麻烦还来了。

朱狸跟桃一宣和乌凉分别在网上聊天。

乌凉说:“最近你蛮神秘的，发生什么事?”

朱狸说:“忙着结婚。”

桃一宣说:“这几天有好玩的事发生吗?”

朱狸说:“跟我最讨厌的人做了闺蜜。”

结果由于一时视力模糊，导致两句话发错了人。

跟乌凉说，和讨厌的人做了闺蜜。

和桃一宣说，忙着结婚。

发完之后，朱狸还没反应过来，直到两个人都发来了惊讶的表情，朱狸才发现自己晕菜了。

乌凉说：“这句话怎么理解，讨厌的人，闺蜜？你有自虐倾向吗?”

桃一宣则说:“结婚？你要结婚？为什么？你不是一直不想结

婚吗?”

朱狸懊恼得要命，倒也不是她想隐瞒，但是她喜欢把话题分类，比如说跟男性讨论一下讨厌的闺蜜，跟女性讨论一下烦琐的婚事，这是一种很微妙的和谐状态，一旦反过来，完全不是这么回事了。

微妙的和谐感被打破，朱狸忙不迭地来回解释。

跟乌凉说:“哎，之前跟你说过的，X市遇到的女孩，突然来到北京，人生地不熟，把我当成亲人，我推脱不掉，于是……”

又跟桃一宣说:“之前一直在考虑，人生也许就这样了吧。”

这就是偏差效应。

如果她没犯刚才那个低级错误，跟乌凉聊一会儿结婚以及婚姻的事，跟桃一宣侃一会儿讨厌的闺蜜，真的是蛮愉快和放松的，现在，话题一对调，微妙感破坏不说，麻烦还来了。

乌凉说:“朱狸，我必须要批评你，你总是貌似有原则，实则漫不经心，竟然能够跟讨厌的人做朋友，我不得不怀疑你的神经是不是出现问题了。”

朱狸说:“你听我说，这个人……”

乌凉说:“我不想听你解释，人生处处充满解释，不过都是庸人自扰后的庸人自慰。就像我在沙特阿拉伯认识的一个女孩，她总是说自己是因为逃避爱情出逃的，可是就算她逃到沙特阿拉伯，她还是忍不住总是给那个男的发信息，打电话，出逃只是一个姿态而已，就像你现在的抱怨，其实你乐在其中，你并不讨厌她，你只是下意识里认为自己比她高贵，但是又很享受跟她在一起的感觉，承认这种感觉是打碎自己的高贵，所以你急于撇清，又暗暗愉悦，朱狸，我不得不说，你还是活在虚伪人类中，沾染了很多虚伪的东西。”

朱狸说:“我承认我有一定程度的虚伪，但是你能保证自己完全真实吗?”

乌凉说:“我至少不会被跟讨厌的人做了闺蜜这样的事情困扰。”

朱狸说:“好吧，你确实超凡脱俗，和我们都不一样。”

话说到这里，僵局已经产生，朱狸很担心乌凉再回过来一些攻击性强的话，这不是逼着大家分道扬镳吗?

再看桃一宣，更麻烦的事情发生了——

桃一宣说:“人总不可能突然做什么决定，尤其是结婚这种重大决定，你发生了什么事?这些天觉得你好像故意逃避我……其实我很喜欢和你聊天的，希望不是因为我造成了你的困扰，而需要你拿着自己的幸福做赌注，来让我明白……”

朱狸直接崩溃了，幸亏她打字飞快:“你在说什么呢，完全不是这么回事，不是这样的，结婚是我一直在纠结的事，虽然之前一直没有做决定，也只是我的内心里有一个抗拒的声音，现在我想通了，我只是一个平凡女人，肤浅又虚荣，有人不介意我的毛病，愿意陪我共度一生已属不易，我实在没什么资格挑三拣四。”

桃一宣说:“但是，为什么偏偏是这几天呢?”

朱狸说:“我也不知道。”

那边，乌凉又回过来一堆话，大概的意思就是说有时候朱狸过于敏感，她并无恶意。

明明是乌凉恶语攻击在先，怎么突然又变成她的问题?

焦头烂额大概就是描述此类场景了。

朱狸左边跟桃一宣解释，右边跟乌凉周旋，偏偏电话又响起来，大半夜的，难道曹青又出什么幺蛾子了，朱狸快要爆炸了。

接起电话，不是曹青，竟然是度蜜月的余弦。

朱狸说:“这么晚?”

余弦说:“我跟江太升吵架了。”

朱狸说:“蜜月，还吵架?”

余弦说:“受不了他不哈着我。”

朱狸说:“亲爱的，你是嫁老公，不是养了一只宠物。”

余弦说:“同理。互为宠物的夫妻关系才能更牢固，一旦云淡风轻了，就废了。”

朱狸说:“要一天24小时老是腻在一起，不烦吗?”

余弦说:“怎么会，以前跟那个男人玩若即若离习惯了，现在就是要找一个全心全意爱我的人，守在一起，这才是婚姻的意义所在，否则我干脆还是跟那些男的周旋好了，我何必要结婚。”

朱狸说:“我特别喜欢开放式的婚姻，大家各过各的，风雨同舟，互不干扰。”

余弦说:“你这种状态绝对不对，这不是婚姻状态，你还是贪恋单身。”

朱狸刚要说什么，余弦突然说:“不跟你说了，我的小宠物来摇尾巴了，先这样。”

朱狸还打算跟余弦讨论一下婚姻内的自由度的问题，余弦早已经投入到宠物的欢溺中去了，朱狸有点失落，再回头看屏幕，乌凉又密密麻麻发来一大篇言论跟她讨论人生，而桃一宣，竟然沉默地下线了。

全搞糟了。

神勇女保镖

曹青说："这叫广撒网，我现在豁出去，要么名利双收，要么钓个大金龟，现在我正在往这两个方向努力，你不要骂我啊，我知道你很正直的，但是我需要成功啊！"

从这天开始，曹青经常会在约会的时候叫朱狸一起。

名义上是"你帮我看看这个男人靠不靠谱"，实则是拉个垫背的，一来炫耀自己有个听上去职业还不错的朋友，二来随时找借口脱身。

朱狸不是不知道曹青的用意，但是不得不承认，跟曹青在一起，见识各种约会，看到各色男人，确实给她每周的专栏写作提供了无比丰富的素材，朱狸有时候安慰自己，当自己是体验生活了，自己是没可能隔三差五跟各种男人见面，跟着曹青在这方面开开眼也不错。

当然，跟曹青约会的，也确实都不是普通人。

约会伙伴1　老头有一大片地

赶到约会地点的时候，朱狸吓了一跳。

一个身材瘦小，至少有60岁左右的男人站在风中，穿着阿迪达斯的套头衫，极其不协调，又非常惊悚。

老头看到曹青和朱狸的时候，嘴边泛起一个不易察觉的冷笑。

他们吃的是泰国菜，曹青也没客气，菜谱上所有贵点的菜都被她点了个遍。

老头沉默不语，只是微笑和观察，点菜完毕，老头接电话，说了几句，一会又从包里拿出一个一模一样的手机，过了一会儿，他从口袋里再取出第三个同款手机。

老头说:“我一共有50个手机，50个号码。”

朱狸不解地问:“为什么都是同样款式的手机?”

老头说:“因为省事，只带一个充电器就可以了。”

朱狸恍然大悟，不禁佩服老头的淡定。

吃饭的时候，曹青一直在跟老头眉目传情，朱狸感觉有点多余，想撤退，曹青发现朱狸的意图，在底下轻轻踢了朱狸一下，示意她不要离开。

朱狸也挺佩服曹青的演技，脚下虽然在提示，面上却像什么都没发生一样，一脸春风含情的。

老头看着朱狸，笑。

朱狸说:“怎么?”

老头说:“你是青青的女保镖吧?”

什么话！朱狸面一黑，感觉这老头来者不善。

老头说完这句话，突然看着窗外，说:“你们从这里看出去，你们视线所能够触及的地方……我就有这么大的一片庄园。”

听到这句话，朱狸只想呕吐，而曹青则两眼放光，几乎要拍手贴面亲吻。

朱狸说:“你真幸运，家里有良田万顷，身边又有美女相伴。”

曹青配合地笑了一下，老头说:“是美女主动跟我示爱的，跟我没关系。”

朱狸说:“你魅力惊人，这么一把年纪了，还能让美女跟你示爱，也不亏你种了那么大片地。”

朱狸说完这句话，老头，曹青，脸跟桌上的西兰花一样绿了。

约会伙伴2　残障人士欢乐多

推开KTV的门，里面黑压压的全都是男性。

而且看上去都很年轻。

曹青媚眼如丝地走过去，一一跟人寒暄，朱狸在后面，懒得打招呼。

曹青很欢乐，让大家作自我介绍。

像开会一样，从左到右，大家开始介绍自己。

我是某公司的总经理。

我是某企业的经理人。

我是某品牌的赞助商。

……

原来是一帮80后成功人士轰趴。

再仔细看看他们几个，豆芽身材的，金鱼泡眼的，嘴唇盖不住牙齿的……等会儿，中间怎么有一个目光炯炯，长相奇异的少年?

朱狸正在巡视，曹青已经坐在那个长相奇异的少年旁边了。

接着，陆续推门而入了几个美女，都是高，白，美，瘦。

每个人进来之后，那帮80后精英就又轮流介绍自己，然后美女们就会坐在他们旁边。

朱狸突然意识到，这个场面有点不妙。

高白美瘦们个个浓妆艳抹，又眼神老练，抽烟，谄笑，媚态贯穿。

朱狸正在琢磨，突然一个精英的手伸过来，端着酒来敬朱狸。

朱狸像触电一样猛然起立，抓起包来就走。

经过门口的时候，朱狸看到正在和曹青耳鬓厮磨的奇异少年的裤管空空。

旁边是一副拐杖。

朱狸打车回家，路上曹青打电话过来："80，你去哪里啦？"

朱狸说："我回家了。"

"什么？你怎么没跟我打个招呼就走了！"

"曹青，你没有发现后来来的都是小姐吗？"

曹青说："是呀，这些有钱人，就是喜欢花钱买欢乐。"

朱狸很严肃地说："你把你自己当别人的娱乐也就罢了，怎么托着我一起来跟你娱乐别人？我们都不如那些小姐，小姐至少明码标价，我们算什么？"

曹青说："你别激动啊，我就是觉得大家一起玩玩，没什么呀，别计较，你这样走了，我很难交代的。"

朱狸说："交代什么，谁认识我，谁又在乎你？"

曹青说："别生气啦，我现在找到一个进攻目标，不想轻易放手啊。"

朱狸说："那个残障人士？"

曹青说:“呀，你看出来了?”

朱狸说:“我又不是瞎子，旁边拐棍立在那里呢。”

曹青说:“这个家伙虽然没有腿，但是很会赚钱，自己开了几个公司，身价不菲，我要是把他给搞定了，至少少奋斗20年。”

朱狸说:“你要不要为了钱这样老少通吃啊?”

曹青说:“这叫广撒网，我现在豁出去，要么名利双收，要么钓个大金龟，现在我正在往这两个方向努力，你不要骂我啊，我知道你很正直的，但是我需要成功啊!”

朱狸叹口气说:“我们俩的价值观完全不同，也完全没办法融合，你以后真的不要再拖着我参加这些奇形怪状的聚会了。”

曹青说:“知道了……但是你这样把我自己扔在这里，我很难受的。”

朱狸说:“如果我强迫自己坐在那里扮小姐，我会疯掉的，你难受还是我难受之间，我只能选择让你难受了。”

曹青没说话。

朱狸说:“我真的已经厌倦透了当你的女保镖了，你有你的生活，我有我的生活，曹青，你现在已经不缺朋友，而我也实在不怎么需要朋友，就这样吧，我不想批评你的生活，但是我绝对不想进入你的生活，因为你所有的理论，所有的判断，所有的想法我都是没办法认同的。”

曹青还是没说话。

朱狸顿了顿，说:“虽然我不知道理由，但是我很高兴你一直把我当做你的好朋友，但是，我有点累了，我必须要回到我自己的清心寡欲的生活中去，那个更适合我。”

说完，朱狸挂了电话，她竟然终于把这些血淋淋的，很现实的话一股脑倒了出来，之前一直有奇奇怪怪的原因，比如说面子，比如说优柔寡断，比如说虚伪……总之，那些憋在心里一直说不出的话就像一顿消化不良的存食，让自己翻江倒海，苦不堪言，现在她找到一把小勺子，狠狠抠了嗓子眼，那些不良存食一股脑都倾倒出来，虽然朱狸知道这样做会严重伤害到曹青，但是管不了那么多了，就像刚才她说的那句话，不是你难受就是我难受，若要选择，只能让你难受了。

回到家里，朱狸非常放松地洗了个澡，跟卢迪挤在沙发上看了个电影，吃了一堆零食，然后心满意足地睡觉去了。

从天而降一个 Friend right

我们到底需要什么样的朋友？是冷淡疏远却彼此无感的安全型，还是亲密无间纰漏不断的冤家型，还是价值观完全一致你我不分的姐妹型？回答这个问题很难，宛如“我们到底需要什么样的伴侣”一样难回答。

整整一天，都没收到曹青的电话。

这让朱狸充满了信心。

自从曹青来到北京，跟朱狸保持了每天都会联络的状态。

哪怕没有见面，没有通电话，曹青也会在 Q 上给朱狸留言，无非就是吃了什么玩了什么看了什么，一些无用的废话。

曹青在步步为营地建立着她需要的闺蜜关系。

有一次她甚至很惶恐地跟朱狸说，她已经把朱狸的所有联系方式都给了她的母亲，并且叮嘱朱狸，如果连续一天不见她的声响，立刻报警。

朱狸认为曹青简直太夸张，神经过敏，也没把这些话放在心上。

但是这一天，什么都没有。

朱狸说是完全不在意也肯定是假的。

一个每天都和自己保持联系的人，突然有一天销声匿迹，确实令人感觉恐慌。

尤其是，这天晚上朱狸是不告而别，把曹青自己扔到一个充满了情色意味的场所中，当时朱狸头脑发热做的决定，事后想想这样做确实不妥当。

当时要是忍一忍，至少把曹青一起带走，然后再说那些话，不是更适合一些吗？

就算她再不喜欢曹青，再不喜欢那些场合，也不至于当场发飙，是她自己愿意跟着去的，不是吗？

自责，愧疚，就像毒蛇一样吐着信子骚扰着朱狸的心。

是不是应该主动给曹青打个电话问问平安？

回忆起阴暗光线下那几个80后精英们诡异的眼光，朱狸有点不寒而栗。

该不该跟曹青联系？

朱狸打电话给卢迪，卢迪正忙着去开一个什么会，他很简短地说："不用担心，曹青那种人像是野草，风吹不倒的。"

朱狸又打电话给余弦，说："这样的情况，我应该打个电话问问吗？"

余弦说："打啊，打个电话需要这么纠结？"

朱狸叹口气。

网上看到乌凉在，朱狸说："那个我讨厌的人，昨天我跟她摊牌了，大家不适合做朋友，把她扔在一个轰趴上。"

乌凉说："不错，你终于真诚一点了。"

朱狸说:“但是，一天没有她的消息，万一她出点事怎么办?”

乌凉说:“这个世界上每天都有人出事，和你有什么关系呢?”

朱狸语塞。

乌凉说:“如果出事，这是她的命运，就算你在，也无济于事的，你在或者不在，如果她注定要出事，都一定会出事的。”

朱狸说:“可是……”

乌凉说:“没有可是，你不是救世主，更不是不可或缺的什么角色，忘掉这件事吧。我今天打算辟谷，试试离开五谷杂粮，能不能活下去。”

朱狸更加烦躁不堪，下意识地盯着桃一宣的头像，可是桃一宣自从知道朱狸决定结婚之后，像蒸气一样消失掉了。

如果这时候有一个曹青这一类的亲密朋友就好了。

虽然表面朱狸有不少朋友，但是大家都离得比较远，隔着一层说不清道不明的纱，很多话只能含混带过，根本没办法深入讨论。

虽然曹青三观不正，至少讨论一些话题的时候，她真实而且坦白，朱狸比较不用担心对方想什么，会不会生气……

如果跟曹青倾诉这样的问题，会得到什么样的答案?

曹青肯定扯着嗓子说:“哎呀，你打一个好了，万一她出事怎么办啊，你当时摔门就走，也没顾忌她的感受，还说话刺伤她，这太残忍啦，快点联系一下吧，哪怕装作什么事都没发生，就知道她平安无事就好了。”

这真是一个可怕的结论啊，什么意思?最最恐怖，最最爆炸，最最让人受不了的曹青，在朱狸的假象里，倒是最有人情味的？相对于乌凉的冷漠，余弦的漫不经心，反而曹青显得有血有肉，生动而清晰，这真是一个可怕的预想。

我们到底需要什么样的朋友？是冷淡疏远却彼此无感的安全型，还是亲密无间纰漏不断的冤家型，还是价值观完全一致你我不分的姐妹型？回答这个问题很难，宛如“我们到底需要什么样的伴侣”一样难回答。

朱狸尝试腾空而起观察自己，发现自己确实是个很麻烦的人，她需要朋友，却又患得患失，希望保持私人空间，却又抗拒寂寞冷清，所以也可以解释为什么自己不愿意结婚，却总是霸着卢迪不放，再难有一个男人能容忍她的多变和神经质，也再难遇到一个男人如此诚恳地愿意等她。

人类总是贪心的，希望获得完美，却坚决拒绝付出。

最好从天而降一个 Mr right，最好从天而降一个 Friend right，而我们自己什么都不必做。

从天而降……一个……Friend right?！越想背越凉，做了什么孽，老天爷从天上把曹青扔下来，正好砸在朱狸的头上。

狠话也说了，现在跑去假惺惺装慈悲，也没什么意思，既然怕麻烦，干脆别再管了，什么都不要管了，乌凉说得也对，她有她的命运，她好她坏她生她死，是朱狸没办法改变和阻止的，更没可能承担，罢了罢了，写专栏。

雪白白的 word 上，爬了几个小黑蚂蚁，就爬不下去了。

突然想起 KTV 里那昏昏沉沉的氛围，那些猩红嘴唇的小姐，那些奇形怪状的成功人士……再想到空荡荡的裤管，阴森森的拐，以及曹青虽然让人崩溃却也算无辜天真的脸……

接着开始脑子里横冲直撞各种恐怖的画面，比如说，残障人士突然发作，拿着拐暴打曹青……再或者一群人其实是连环杀人团伙，把那夜找的小姐们一个一个排成人桩，练习飞镖……

朱狸心烦意乱，抓起电话来拨了过去，好久，没人接听。

朱狸开始恐慌起来，脑子里出现更恐怖的画面，还是没人接听。

如果因为自己的离开，导致曹青出事，这难道真的和自己完全没关系吗？

朱狸烦恼得快要爆炸了。

一根结了果实的坏话藤

咪咪说："我很意外，真的，很意外。我记得很清楚你是怎么形容曹青的讨厌的，这才没多久，她已经变成了你的朋友，而且她的行踪竟然比我怀孕这样天大的事更让你在意？"

这时候电话响，朱狸紧急接起，却是咪咪打来的。

咪咪在电话那边非常激动地说："朱狸，告诉你一个好消息！我成功怀孕了！"

朱狸一怔，又因为刚才处于烦躁中，竟然不知道该怎么表达。

咪咪说："真是老天不负我啊，嫁给丁艰后我一直心绪不宁，思前想后，只有立刻升级当妈，才能让我地位稳健，哇，真的怀上了，上次我们见面，其实我就已经受孕了，只是当时还不知道，哇，亲爱的，你在听吗，我忍不住把这个好消息跟你分享，因为你是我最好的朋友！"

朱狸说："哦，太意外了。"

咪咪说："咦，你不为我高兴吗？"

朱狸说："很高兴，不过我这里遇到一点麻烦事……"

咪咪说："什么事？"

朱狸说:“一个朋友失踪了。”

咪咪说:“谁?”

朱狸说:“你不认识，曹青。”

咪咪尖叫:“曹青? 上次见面，你说你无法忍受的那个三八?”

朱狸一下子意识到自己为自己种下了一根坏话藤，现在结出果实了。

说真的，当时朱狸跟咪咪会面，为了缓解尴尬的气氛而拿曹青当做话题，这件事对于朱狸来说，只是随意为之，过后全都忘了，怎么想到咪咪的记忆力竟如此之好，令朱狸羞愧难当。

咪咪继续说:“我不明白，朱狸，你不是说你很讨厌那个曹青吗?”

朱狸说:“哎，这件事说来话长。”

咪咪说:“我很意外，真的，很意外。我记得很清楚你是怎么形容曹青的讨厌的，这才没多久，她已经变成了你的朋友，而且她的行踪竟然比我怀孕这样天大的事更让你在意?”

朱狸说:“咪咪，是这样的。我确实不喜欢曹青，但是她突然来了北京，然后一直跟我保持联系，昨天我们一起出去，我先走了，到现在联系不上她，就是这样的。”

咪咪说:“也就是说，即使是你很讨厌的人，你也可以跟她们做朋友，一边讨厌，一边来往吗?”

朱狸不悦:“你打电话来是为了跟我探讨这种无聊问题?”

咪咪说:“当然不，我把你当成很要好的朋友，只是没想到你对我的事丝毫不关心。”

朱狸说:“我没有不关心，但是你怀孕的事已成事实，而那边失踪的人也许会遇难，你明白吗? 这就是区别。”

咪咪说:“我在上次见你之前，也经历了一场惊心动魄的人生，结婚，离婚，也跟外界失去了联系，可是你关心过我吗？你甚至连个电话都没给我打过，连条节假日群发短信都没给我发过。”

朱狸说：“我没有给人节假日群发信息的习惯。”

咪咪很气愤：“总之，朱狸，我今天对你有了一个全新的认识，难怪乌凉经常抱怨你毫无原则，我现在也开始对你有了看法。”

朱狸脑子一下子就崩了，她很严肃地对咪咪说：“咪咪，我很认真地跟你说，我并不需要你或者乌凉的认同，你们对我有看法也好，对我有不满也好，那是你们的事情，跟我没有半毛钱的关系，就像你的怀孕，你的离婚，你的结婚，跟我有关系吗？没有，我谢谢你拿我当你的好友，跟我分享你所谓的好消息，但是抱歉，我现在有更重要的事要做，就这样，再见。”

挂了电话，朱狸可以想象到咪咪的暴怒，她现在已然不同，见面要包裹起容貌，说话要小心翼翼，怀个孕都像是得到了龙种，她已经由一个编造身世狂变成了维护身世狂，而她努力去保护和营造的，却正是朱狸看不上的，尽管曹青令人崩溃，但是她至少真实，喜怒哀乐不藏不掖，跟虚伪透顶的谎话达人咪咪比起来，还甚至要高级一点。

朱狸开始警告自己，再也不要拿说别人坏话当成调节气氛的法宝，这绝对是一根有土壤可培植的坏话藤，结出一簇一簇的恶果实，让人难堪无比，还要亲口吞下。

五分钟美女速成术

虽然曹青哭泣到瘫痪，但是一看到卢迪，竟然立刻恢复了神采，简单介绍之后，曹青迅速地去了一趟洗手间，回来之后，曹青已经焕然一新，把朱狸给吓到了。

卢迪打电话来约朱狸晚餐，说发现了一个很不错的湘菜馆，把地址说了一下，朱狸正好心烦意乱，抓了件衣服就出门了。

出租车上，电话突然来了，曹青！

朱狸赶快接了电话，刚想问曹青是否一切正常，曹青却在电话那边大哭起来。

朱狸说："你怎么了？"

曹青说："朱80，刚才我被带到警局去了！"

朱狸吓了一跳，脸色都发暗了："发生什么事？"

曹青说："我现在在警局门口，你能来一下吗？"

朱狸立刻跟司机说调转方向，向警局开去。

很快，朱狸就到了警局门口，曹青一看到朱狸来了，立刻跑过来，抱着朱狸大哭起来，哭得梨花带雨，惊天动地，冤屈十足。

朱狸也有点难受，她预感到自己的离去给曹青带来了麻烦，但是还好，至少曹青安然完好地站在这里，还不至于太坏，但是，怎么会惊动110？

朱狸带着哭得稀里哗啦的曹青一起来到了卢迪发现的湘菜馆内。

卢迪显然吓了一跳，朱狸也没提前打个招呼，不过不用猜也知道朱狸把谁给带来了。

曹青的妆容因为哭泣都花了，像一只唱京剧的大熊猫。

虽然曹青哭泣到瘫痪，但是一看到卢迪，竟然立刻恢复了神采，简单介绍之后，曹青迅速地去了一趟洗手间，回来之后，曹青已经焕然一新，把朱狸给吓到了。

曹青看来掌握了江湖盛传的“五分钟美女速成术”。

卢迪中途出去接电话的时候，曹青对朱狸说：“喂，你藏着一个帅哥啊。”

朱狸说：“藏？没有啊，我跟你说过，在一起5年的男友。”

曹青说：“这么好的男人，你还不赶快搞定，留着会被各路狐狸精们惦记的！”

朱狸说：“有人来收去正好，我不介意。”

曹青说：“他有房子吗？”

朱狸说：“有。”

曹青说：“存款呢？”

朱狸说：“也有。”

曹青说：“那一定有很多贷款吧？房贷，车贷，我跟你说，这些都不能小看，每月被债务追杀，会把人累死的。”

朱狸说：“房子是全款买的，车子有一辆，是他父母送的。”

曹青瞪大眼睛:“哇,搞定搞定,你脑子抽筋啦,还在想什么啊,年轻,帅,有房有车,没贷款,有存款……朱 80,你中头彩了!”

朱狸说:“别再讨论我了,赶快跟我说说,到底怎么了,怎么会闹到 110 去了?”

曹青面色一变,生气地说:“你还记得我跟你说的那个变态同居伙伴吗?这个蠢妇,我说她怎么一身肥膘桃花运还那么旺盛,原来她是个……”

曹青自动自觉把声音降低,对朱狸说:“她是个拉皮条的。”

朱狸愕然:“什么意思?”

曹青说:“她认识很多小模特,三流演员,专门介绍给那些山西煤老板,温州炒房客,还有一些土大款,然后抽成。”

朱狸恍然大悟。

“你懂了伐?难怪她日日有约会,账户里三天两头来钱,原来是这么回事。”

“这跟你到 110 有什么关系?”

曹青说:“是这样的,她给人乱介绍乱搭配,前几天把一个女孩介绍给一个卖毒品的,结果毒贩子被抓了,女孩也跟着牵连进去,又把我的同屋给供出来,现在所有跟她有关系的人都要接受调查。我今天一起床,就被两个警察给带走了,吓死我了,我可是良民,良民!我怎么那么倒霉,竟然跟这种人认识,把自己都连累进去了!”

朱狸说:“不会连我也要跟着你一起接受检查吧?”

曹青说:“不会的,我幸好没有跟她混在一起,上周她还说带我认识一帮蒙古大哥,当时我正好有其他的事,耽误了,这是老天爷救我啊,如果我也被她介绍过,我一定会出事的!”

朱狸说:“你赶快搬家吧，别再跟这样的人在一起了，否则早晚有一天，你会被她给害到。”

曹青说:“朱80，你要救我啊，你是我唯一的朋友了，我知道你对我最好，你救我。”

朱狸说:“我怎么救你?”

曹青说:“我暂时搬去跟你住吧，等我找到新房子，再搬走，可以吗?”

朱狸为难地说:“这个恐怕不行。”

曹青说:“为什么?”

朱狸说:“我不是租房子，现在是我住在卢迪的家里，所以我没有权利收留其他人。”

曹青说:“这好办啊，男人的问题，交给我就好了。”

这时候，卢迪回座位，看到两个人聊得很热闹，就问:“什么男人的问题?”

朱狸尴尬。

曹青立刻两眼放电地对卢迪抛媚眼，卢迪没心理准备，差点咬到舌头。

卢迪说:“你眼睛里飞进去虫子了吗?”

曹青谄笑:“你好幽默，帅哥!”

卢迪说:“我叫卢迪，叫我名字就可以，谢谢。”

曹青说:“帅哥啊，我是朱80的好闺蜜，好姐妹，我现在遇到麻烦了，你可不能坐视不顾啊。”

“谁是朱80?”

曹青拉着朱狸说:“你的聪明有才，完美无限的未婚妻啊!”

朱狸和卢迪相对无语，卢迪说:“她叫朱狸，不叫朱80。”

曹青说:“哎呀哎呀，反正都是一样的，帅哥，你作为 80 的未来老公，你可不能对我不管不顾啊!”

卢迪说:“你要我做什么?”

曹青眨眼的速度顿时变快两倍，声音无比妩媚地说:“让我暂时在你们的爱巢里住几天，可以吗?”

朱狸也挺紧张的，因为自己给卢迪找来麻烦，也很不好意思。

卢迪看了看朱狸，又看了看曹青，一字一字地说:“对不起，不行。”

朱狸一头冷汗，不禁佩服卢迪，竟然能够如此坦然地拒绝别人，这是朱狸永远做不到的事。

曹青说:“帮帮我嘛，就住几天，等我找到新房子，马上搬走。”

卢迪说:“如果你需要搬家，我可以帮你联系搬家公司，如果你需要暂住地，我可以帮你联系酒店。”

“这……”曹青语塞，寻求救助一样看着朱狸，朱狸表示爱莫能助。

从大胖子到万人迷

曹青继续说："但是我感觉到你和她一样，对我好，虽然有时候骂我，却没有恶意，不像那些曲意奉承的人那样，表面一套，背地里一套。"

路上，卢迪开车送曹青回家，到了小区门口，朱狸下车来送曹青。

曹青对朱狸说："这个男人太差劲，不建议你嫁给他。"

朱狸说："因为他没答应收留你?"

"毫无同情心，莫名其妙，装酷，内心自私的表现。"

朱狸说："曹青，你这样说是不公平的，如果他帮助你，这是情分，不帮你，也是理所当然的。"

曹青说："反正男人都没有好东西，别怪我没提醒你。"

朱狸说："你别管我的事了，好好关心自己的事吧，抓紧时间找房子，搬家，别再跟那些危险人物在一起了。"

曹青嘴唇动了动，突然狂哭起来，刚才俗称的五分钟美女妆容五秒钟化成黑色的溪流，在曹青脸上蔓延，蜿蜒，晕染开来。

朱狸递给曹青纸巾，说："别哭了，吃一堑长一智，别再羡慕别人的账户钱多，踏踏实实赚自己的钱比较靠谱。"

曹青一边擦眼泪一边说:“你知道为什么会和你做朋友吗?”

朱狸说:“我十分想知道答案。”

曹青说:“其实我知道你不喜欢我，和其他人一样看不起我，但是你长得特别像我的表姐，我的表姐在几年前出国了，很少联系，她和你一样，不喜欢打扮，不喜欢买名牌，不喜欢热闹，脾气很差，也容易发胖……”

朱狸几乎晕过去。

曹青继续说:“但是我感觉到你和她一样，对我好，虽然有时候骂我，却没有恶意，不像那些曲意奉承的人那样，表面一套，背地里一套。”

朱狸的电话响，是卢迪催促朱狸快点上车，朱狸停顿了一下，对卢迪说:“我在这边跟她说几句话，你先回去吧。”

卢迪大声在电话里抗议:“你没事吧?!”

朱狸挂了电话。

曹青看在眼里，很高兴地挎着朱狸的胳膊，拉着朱狸到了自己的出租屋。

屋里很乱，全都是衣服、鞋子、化妆品、香水，以及各种包包和袋袋。

没有想象中的大，屋里甚至还有潮湿的味道。

曹青回到家里之后，放下包包跑去洗脸。朱狸找了个地方坐下来，却不小心坐到了一个相框，还好没坐坏，朱狸把相框放在桌子上，相框里一个穿得很土的大胖子。

曹青洗完脸，包着头巾，一边敷着面膜一边对朱狸说:“今天真是惊心动魄，我感觉自己受惊了，到现在还胆战心惊的，以前从来没去过警察局，警察有几个还挺帅的。”

朱狸指着相框上的照片问:“这是谁?”

曹青若无其事地说:“我。”

朱狸吓到,仔细看了看照片,再看了看曹青,开玩笑吧?

曹青说:“我跟你说过,我以前是个大胖子。”

朱狸有心理准备,却还是被“大胖子”给吓到,谁能把照片里那个180斤,浑身长着米其林轮胎的家伙,跟现在这个又嗲又风骚,见男人就抛媚眼的D罩杯女人联系在一起?

朱狸再看了看照片,又看了看曹青,还是无法相信。

曹青坐到朱狸面前,指着自己的脸说:“看,这里,这里,削过骨头,这里,填充过硅胶,这里,假体,你摸摸……”

朱狸小心翼翼地摸了摸:“人造美女?”

曹青说:“现在所有美女都是人造的,不用怀疑。”

朱狸不相信。

曹青说:“我跟美容院、整容院的人都很熟,他们每天生意不断,整容师整到手软!”

朱狸说:“不疼吗?”

曹青说:“怎么不疼?手术做完后脸肿得像个猪头!完全不能吃饭,疼痛难忍,大概一周才能稍微消肿,一个月后差不多就能见人了。”

朱狸说:“你干吗这样折磨自己?”

曹青说:“什么折磨自己?不疼不痛怎么可能美?你看看现在的我,你再看看过去的我,你认为我付出的这一切不值得吗?”

朱狸说:“你确实脱胎换骨了。”

曹青说:“是吧?我对我自己还不满意,你看我的下巴,有点太尖了,鼻子呢,也不太满意,尤其是双眼皮,埋线看来效果就是不行,我打算下周飞上海再进行一次彻底的修正,你等着看结果吧！”

朱狸说：“你真的是打算进军演艺圈了。”

曹青说：“必须进军演艺圈，我付出这么多，受了这么多罪，我不能白白地难受，一定要让所有人都看到我，注意到我，迷上我。”

朱狸只有感叹的份，别说整容，连拔个智齿的勇气都没有。

曹青敷好了面膜，对朱狸说：“其实以前我不是这样的，你看，当年那个我多么淳朴，多么老实，甚至连多跟人说句话都会脸红的，那时候只知道吃吃吃，什么都吃，比我室友还能吃，结果就变成大胖子，没人问津，情场失意者，职场大家也都欺负我，我压力一大就更猛吃，猛吃的结果就是更胖，恶性循环，真的要命了。”

朱狸说：“你怎么突然改变的？”

曹青说：“因为我外婆。”

朱狸说：“她怎么了？”

曹青停顿了一下，点了根烟，沉默了一会儿，说：“我外婆去世，给我打击很大，我整个人几乎垮掉，我外婆一辈子养了好几个孩子，但是没有一个孝顺的，包括我妈。大家都很自私，只顾得上自己，我外婆省吃俭用一辈子，自己受苦，却还要贴补孩子们，临死前，没有人照顾她，她拉着我的手告诉我，女人的一辈子一定要精彩，一定要为自己活，不能像她那样。她说完这些话就死了，她的死，彻底点醒了我，我认为我不能向命运低头，我一定要为自己活，不在乎一切非议和目光，于是我开始减肥，我减得很痛苦，什么方法都试过，各种药都尝过，有一次吃药拉肚子拉到脱水进医院……总之，我成功了，我减肥成功了。”

朱狸说：“确实很成功，如果你不说，没有任何人想到你曾经是个大胖子。”

曹青说：“所以我总是提醒你，千万不要胖，女人一胖就全完蛋了，男人看不上你，女人看不起你，全世界都唾弃你，胖子，是全世界都讨厌的人！”

朱狸说：“没那么恐怖，美女分很多类，丰满的，瘦削的，中性的……你不能一概而论。”

曹青说：“不要麻痹自己，胖是罪大恶极，是坚决不能忍受的缺点，你想想，一个女人，连自己的身材都控制不住，她不是太失败了吗？”

朱狸说不过曹青，只好举手投降。

曹青说：“我瘦下来之后，男人们开始关注我，但是我的脸还不好看，我第一次整容是跟一个圈里的朋友去的，她是个整容狂人，每个月都要去整，项目不一样，打瘦脸针、美白针是家常便饭，玻尿酸啊，丰唇，丰胸都做过，开眼角，双眼皮手术，牙齿矫正术……总之她看上去简直完美无缺，但是她还是对自己不满意，我跟你说，整容这件事，是很容易上瘾的。”

朱狸说：“你现在已经上瘾了。”

曹青说：“美丽无止境，只有更美丽，才会获得更多机会，才能让自己更自信。”

朱狸说：“我现在终于知道你为什么总是以一副飞扬跋扈的姿态出现了。”

曹青说：“其实我就是怕别人看不起我，我以前受的委屈太多了，现在我涅槃了，再也不受气了。”

朱狸说：“但是我想跟你说，你以前受过的委屈，不要报复到比你弱的人身上，他们其实挺可怜的。”

曹青说：“可怜？可怜的人就是因为没出息，没能力，没智商，才会可怜的，这个社会就是这么现实，你强，别人就敬着你，你弱，别人就欺负你，如果想摆脱被欺负的命运，强大起来吧！”

不得不承认，曹青的口才很好，有时候朱狸想说服她，却被她兜兜转转牵着走了，虽然了解了曹青的前史，虽然还是不能接受曹青的观点，但是朱狸也还是心平气和地开始听她诉说了。

每个人都有每个人的故事，过去和未来。

谁又能说自己是世界标准答案，谁敢说自己是最好最正确？

接纳，接受，也许会有惊喜。

临走的时候，曹青送朱狸出来，一洗铅华的曹青在月光下变成一个普普通通的女孩子，没有飞扬跋扈，没有嚣张聒噪，没有坏话连篇，没有是是非非，这一刻，朱狸又觉得，曹青确实已经变成自己的闺蜜了。

无可奈何的闺蜜饭

每次朱狸都会分别征求余弦和曹青的意见，她们竟然也都不介意，既然她们不介意，朱狸也不怎么介意，于是三人定期相聚的局面产生。

朱狸把曹青的经历讲给了卢迪听，本以为卢迪会和她一样，对曹青有了一些新的看法和认识，没想到卢迪丝毫没有动摇。

用卢迪的话说，我没有喜欢和讨厌的概念，这个人是我关注之外的人，所以无从评说喜欢，讨厌。

其实也没关系，卢迪的朋友朱狸很少接触，她也没必要说服卢迪和自己一起去面对曹青。

各顾各吧。

卢迪每天都在忙着各种事，但是和结婚有关的事他也从来没懈怠，他选良辰吉日，通知各路朋友和家长，并安排各种见面，他安排三个月后带朱狸去见他的父母，因为现在他的父母都在国外度假，而朱狸暂时不打算让卢迪过早接触自己的父母。

朱狸认为半年后领证比较靠谱，卢迪认为既然朱狸答应了结婚这件事，结婚倒也没那么急迫了，所以也愿意听朱狸的意见。

这天，余弦回来了。

余弦带着一身的幸福回来，约朱狸见面。

朱狸赴约的时候，正好曹青也打来电话，非要跟朱狸见面，朱狸说已经约了人，曹青说:“那我跟你一起。”

朱狸有点为难，但是曹青热情无比，让人无法拒绝，朱狸只好打电话给余弦，问是否可以带个朋友一起见面，余弦倒是很大方，一口答应下来。

余弦越来越美了，爱情滋润的缘故吧，即使未施粉黛，也是个绝对的美人胚子，人群中远远的，鹤立鸡群，朱狸很高兴地跟余弦接上头，俩人去了一个很熟悉的小馆子。

“怎么样，新婚旅行?”

余弦说:“凑合吧，反正就是一场博弈，目前看起来我赢。”

朱狸说:“你对小男生好点，他还没发育呢。”

余弦狂笑不止，引来侧目。

点完菜，余弦说:“你的朋友什么时候来?”

朱狸说:“不用管她，我们聊吧。”

余弦说:“你最近在干吗?”

朱狸说:“最近……一团糟。”

余弦说:“结婚吧，结婚吧，结婚前日子就是一团茅草，结婚就是一根棒针，会把之前所有的茅草都织成一件漂亮的毛衣的。”

朱狸说:“现在还是夏天，毛衣不合时宜。”

余弦说:“你还是没玩够。”

朱狸说:“拜托，我从来就没玩过好吗?”

余弦说:“正是因为你没玩过，所以你不甘心。像我，过尽千帆，阅人无数，什么都看淡了。”

朱狸说:“你可以了，过尽千帆，阅人无数，最后摘一个最青涩的果实，你太赚了。”

正说着，曹青已经花枝招展地赶来。

朱狸因为了解了曹青的前史，对曹青温和了好多，招手示意。

曹青踩着14厘米高跟鞋，晃悠悠，香喷喷地走过来。

朱狸怀疑曹青至少洒了半瓶香水。

浓烈扑鼻。

简单介绍了一下，三个女人围桌而坐。

余弦问:“你多大了?”

曹青扭扭捏捏了一会儿，说:“我很小的，今年刚24。”

余弦说:“24也不小了。”

朱狸忍不住大笑。

余弦说:“你笑什么?”

朱狸说:“你自从嫁给正太，对年龄那么苛求了。”

余弦也大笑起来。

曹青不知道什么意思，朱狸解释说:“她丈夫，像高中生。”

曹青说:“哇，你都结婚了啊!”

余弦说:“羡慕吧? 收获一枚美色正太。”

曹青说:“你怎么能随便就结婚了呢?”

余弦说:“我可没有随便结婚，我精挑细选的好吗?”

朱狸有点尴尬，偷偷扯了扯曹青，曹青却像演讲神上身一般，喋喋不休地说："你这么好条件，完全可以嫁给一个更高级的人，而不是什么高中生，正太。"

余弦说："什么是高级的人？"

朱狸说："哎，来喝点东西……"

曹青说："高级的人啊，有社会地位的，有雄厚实力的……"

余弦冷冷一笑说："不过都是男人。"

曹青说："那可不一样，女人嫁人特别重要，嫁人一定要谨慎哦，男怕入错行，女怕嫁错郎，一旦草率把自己处理掉，将来一定会后悔的。"

朱狸头冒黑线，曹青果然又恢复了"爆炸"的姿态。

余弦显然是见识过大场面，她不紧不慢地说："你现在处于混沌时期，还在迷恋所谓的精英男人们，告诉你，我已经玩腻了，没意思，你拿青春赌明天，我用真情换此生，什么是最舒适的，只有自己知道。"

朱狸说："曹青，每个人的追求不一样，你别老是拿自己的标准去套别人的人生。"

曹青撇撇嘴，余弦说："我给你讲讲所谓的精英男人吧。"

曹青说："好哇，洗耳恭听哦。"

余弦说："精英男人分几类，一类是知识性精英，海归为主，再一类是技术精英，另外一类是财富精英，也就是大款，这几种人我都过招过，但是都不怎么看得上，我接触最多的是高智商精英？"

曹青说："什么是高智商精英？"

余弦打量了一下曹青说："这个你不必了解，我只想跟你说，那些套着光环的男人，其实没什么意思，还不如那些生猛海鲜有趣，对生活充满热情，体力又充沛，还没那么多阴郁的负能量，才是养生法宝。”

曹青不置可否，但是表情明显是不服气。

余弦也不太在意曹青的表现，她转头对朱狸说：“对了，我辞职了。”

“什么？你辞职？那么好的职位，那么高的薪水，你辞职？”

余弦说：“都是浮云，没多大意思，终归还是给人打工，我结婚前已经想清楚，与其浪费生命给别人打工，还不如给自己打工。”

曹青说：“这句话说得很对啊，我也是想通了，再也不给别人打工了。”

余弦直截了当地问：“你以前做到过什么职位？”

曹青想了想，说：“在一个公司做公关部总监。”

余弦说：“没看出来，感觉你像是初出茅庐不懂规矩的应届毕业生。”

曹青脸立刻黑了。

朱狸还是有点不甘心，她说：“你真的想好了，辞职？然后呢？做生意吗？”

余弦说：“是的。”

朱狸说：“你打算做什么生意？”

余弦说：“江太升是学服装设计的，我正好也有个路子，我打算开一个网店，卖衣服。”

曹青张大嘴：“不会吧，你要开网店？”

余弦说：“没错，开网店，反正我自己也喜欢买衣服，眼光还可以，香港，台北，巴黎，罗马，米兰，都可以代购。”

朱狸说：“你真的是太勇敢了。”

余弦说：“想想很刺激的，我自己还可以做模特，将来江太升还可以设计自己的服装品牌，当然，这都是以后的事，关键是，要先一起做点事，江太升也不怎么适合进入社会，他太单纯。”

这顿饭散后，余弦先离开，曹青开始巴拉巴拉地抱怨起来：“你看看，这就是没嫁好人的悲剧，我记得你跟我说过，你有个高智商美女朋友，是她吧，确实，我承认她条件不错，可是你看她沦落到什么程度啦，网店老板娘，太低级了！其实我刚才也听明白了，她就是拢不住有钱人，所以给自己找借口，什么正能量，什么养生法宝，她怎么不直接说她找了个小白脸，吃软饭的，还要靠她动用自己积蓄去开店养没出息的男人，好丢脸。”

朱狸说：“你别老这么恶毒，网店怎么了，现在很多人都开网店，也算是新型创业模式，怎么在你看来就变成低级的事情?”

曹青说：“跟路边摆地摊的有什么区别?”

朱狸说：“凭双手劳动，有什么丢人的。”

曹青说：“哼，反正我不能过这样的日子，这个女人是我的前车之鉴，天啊，真的太悲惨了，我一定要记住这个教训，一定会有这么悲催的结局。”

虽然朱狸认为余弦和曹青气场超级不合，但是不知道怎么回事，来来回回，三个人变成常见面的局面。

每次朱狸都会分别征求余弦和曹青的意见，她们竟然也都不介意，既然她们不介意，朱狸也不怎么介意，于是三人定期相聚的局面产生。

三个人轮流买单，每次都会找比较好吃的馆子，有特色的，三个人妙语连珠，很有趣，渐渐地，朱狸觉得这种三人闺蜜关系确实挺有趣的，尤其是三个人的三观完全不和谐，却又能在一起迸发各种观点讨论，其实是很 nice 的组合。

Nice 到，有一次余弦和曹青竟然撞衫，简直尴尬到爆，而且不光撞衫，连颜色都撞到。

后来曹青再也没穿过那件衣服，余弦倒不是很在意，又见她穿过一两次。

但是，好景不长，很快，三人闺蜜的状况就被突然打破。

这天轮到余弦请客，余弦选了一个比较偏僻的地方，曹青打电话来对着朱狸一通抱怨，一来说打车费都要近一百块，二来觉得余弦太自私，选一个那么偏僻的地方，明显是不懂迁就人。

朱狸说："既然是余弦请客，当然是她定地方，别再抱怨了，如果不想去，那就别去了。"

曹青立刻恢复了日常娇嗲的状态，说："我主要是想见见你，见你啊，为了见你，多远多难我都愿意去！"

说真的，朱狸也觉得这个地方确实选得有点远，却也不好抱怨，只能提早两个小时出发，终于到了地点。

曹青到达之后，余弦很快就到了，两个人坐定后，突然来了一个陌生的女孩。

余弦也没介绍，就这样堂而皇之地坐下，女孩一坐下就开始跟余弦讨论购物，说得很热闹，朱狸几乎插不上话。当然，朱狸也不想插话。

接着，又来了一个女孩，余弦也没介绍，也是这样理直气壮地坐下来，加入到购物讨论中去，朱狸大概明白是什么意思，两个陌生女孩都跟余弦即将开始的网店生意有关。

曹青一贯的浓妆艳抹，踩着14厘米高跟鞋来了。

曹青看到一桌子人的场景，有点吃惊。

余弦也没多作介绍，还是沉浸在热烈的讨论中。

看到人到齐了，余弦点菜，点完之后，就把菜单递给朱狸，让她们点。

朱狸和曹青对视，觉得这个场面有点尴尬。

曹青也不客气，稀里哗啦点了好几个。

菜上来的时候，余弦还在热烈讨论，什么店面设计啊，什么款式问题啊……

朱狸和曹青仿佛是不受欢迎，无法融合的局外人。

如此尴尬的闺蜜饭。

吃了一会儿，余弦才想起招呼大家认识，余弦很热情地介绍，这两个女孩都是英文名字，大概都是余弦的狗头军师，这次正好聚在一起讨论网店细节。

余弦说："来来，咱们一起来讨论一下吧，从朱狸开始，朱狸，你给我提供一份28~32岁的女性审美趋向表。曹青，你帮我提供一下24~28岁女性的色彩偏好……"

朱狸深表歉意："我平日很少关注这些，可能帮不了你。"

曹青则张着猩红大口，正在吃一块牛排。

余弦说："曹青，你是个很fashion的人，你来加入我们的讨论啊。"

曹青仿佛没听到余弦的话。

有点尴尬，两个女孩对视了一下，露出鄙夷的神色，令朱狸看了心里很不舒服。

余弦又说:“别吃了，来说说正经事。”

曹青说:“吃饭不是正经事吗？我以为今天的主题是吃饭呢。”

余弦说：“吃饭是次要的，我要创业，麻烦你们帮帮忙好不好?”

朱狸也有点不太愉快，朱狸说:“余弦，如果你忙着讨论网店的事，完全可以另改时间再跟我们约的。”

余弦说:“为什么要改时间，大家能聚在一起，多难得，这样才可以迸出火花。”

朱狸说:“但是，你至少也要尊重一下我们的意见吧?”

曹青帮腔：“是啊，你搞什么，跟我们约会，又跟其他人约会，我和朱狸都是大名人，我们可不是随便什么人都见的哦。”

余弦说:“你们俩没事吧？不就是吃饭吗？至于这么紧张吗?”

余弦带来的两个女孩这时候脸上分别露出很鄙夷的目光，朱狸觉得受了伤。

女孩1说:“余弦，你的朋友真奇怪。”

女孩2说:“好没有礼貌！素质这么差……”

曹青也不客气，用一贯娇嗲却绝不认输的口吻说:“抱歉，我们是上流人物，平日都不用和你们这样的粉丝级别的人见面的，所以也就没有什么礼貌不礼貌一说了。”

余弦打断曹青:“你不要自我感觉太好!”

朱狸稍微停顿了一下，拿起包来，道歉离开。

曹青在后面跟着，高跟鞋蹬蹬蹬蹬作响，一边喊:“朱80，等等我!”

曹青好容易追上朱狸，气喘吁吁:“你走得太快了，我的牛排还没吃完呢，怎么也要等牛排吃完了再走啊!”

朱狸说:“太过分了。”

曹青说:“我早就跟你说余弦这人脑子有问题，你还是一直维护她，你说她是不是有问题？跟我俩约吃饭，悄悄不响地就带来两个莫名其妙的人，余弦都没有介绍，你好歹也是红透半边天的专栏大作家，我呢，虽然还没出名，我也是演艺圈人士，跟这些路人怎么能相提并论，刚才你有没有注意，左边那个女孩，头上戴的 chanel 的头箍，是仿品，还有右边那个女孩，一口烤瓷牙做的一看就是便宜货，余弦真是脑子抽掉，要把这一帮穷屌丝和我们混在一起!”

朱狸说:“我不是生气这些，我只是觉得余弦至少应该提前告诉我们一下，还有其他人来参加，这是对人基本的尊重。”

曹青说:“她根本就没把你当朋友!”

曹青的这句话戳痛了朱狸的心脏，朱狸的脑海里闪回了一些画面，比如说当她有烦恼向余弦倾吐的时候，余弦大部分的姿态是轻描淡写，甚至毫不在意，她关注更多的是她自己，她的智商，她的情场博弈，她的对手，她的婚姻，她的价值观和她的生意，总之，作为朋友来说，朱狸认为自己很委屈，朋友是需要交换贡献，而不是一味倾听，付出，不是吗?

曹青的电话响了，曹青从包里拿出手机来，看了一眼，是余弦打来的，她按掉，装作若无其事，也没告诉朱狸。

朱狸心里非常难受，她在这一刻有了醒觉的意识，她甚至认为她和余弦的友谊应该就此结束了。

当然不是因为这样简单的一餐不愉快的饭导致伟大友谊破裂，但是通过这样一点小事，串起先前一直没有来得及梳理、整理的各种小不满情绪，她才发现，在和余弦的友谊中，她是如此被动，如此迁就和委屈的那个人。

曹青又在旁边煽风点火，朱狸的愤怒情绪被拱得更严重，曹青眼看朱狸已经怒不可遏，于是拉着她去喝咖啡，朱狸也没什么心思喝咖啡了，直接拦了辆车回家。

在回家的途中，朱狸稍微镇定了一下情绪，想想和余弦认识的这些年，零零碎碎，也算见证了很多一起走过的日子，现在一下子决定切断这份不公平感的友谊，说不难受是不可能的。

朱狸拿起手机看了一下，也没有余弦的未接来电、解释信息什么的，看起来，余弦确实高傲到了一定程度，即使朱狸愤而离席，她也完全不在乎，罢了罢了，确实真的到了结束的时候了吧。

一个都不能有

朱狸认为自己做人一向很克制，克制到吸收了很多负面的能量，却一直在努力消化，但是就算是海绵，吸收到一定程度也变成水涨涨，再也吸收不进去了，开始向外排，即使帮忙捏一把，捏出来多余的水分，海绵也孱弱无力，再也没强大的吸引力了。

刚刚回到家里，朱狸还没等喘口气，换上拖鞋，曹青的电话就来了。

曹青用极其紧凑的声音对朱狸说："朱80，你接到海南的邀请了吗？"

朱狸说："什么海南的邀请？"

曹青说："你没接到？也没给你发通知吗？"

朱狸说："我完全不知道你在说什么，什么海南，什么通知？"

曹青说："丁艰这个贱人，不知道他脑子犯了什么毛病，这次有一个重要的会议在三亚召开，说是开会，其实就是吃喝玩乐，免费旅游，据说行业内的人大大小小基本都被邀请了，我还在诧异为什么我没有接到邀请，可是我没想到你也没接到邀请！"

朱狸心下一惊，立刻想打电话问问丁艰是否确有此事。

曹青继续说:“朱80，你再怎么说也算是有头有脸的人，这么重大的会议，怎么可能不邀请你，再说了，你有一个闺蜜不是还嫁给丁艰这个混球了吗？怎么丁艰反而把老婆的闺蜜给落下了，猫腻！肯定有猫腻!”

经过曹青的点醒，朱狸忽然意识到这件事的严重性。

倒也不是朱狸多么希望去参与那种无聊的旅游会议，只是去不去和接没接到通知是两码事，这牵扯到尊重、重视以及更严重的歧视问题，朱狸本来就满腔怒火，这下终于被彻底点燃。

朱狸挂了曹青的电话，直接拨给咪咪。

咪咪似乎在听胎教音乐，声音低沉而缓慢，充满了自我营造的“贵太太”范儿。

咪咪似乎已经忘了前几天和朱狸的争执，她说:“朱狸，好久没联系，还好吗?”

朱狸说:“还不错，就是背后被阴，有点别扭。”

咪咪似乎没听出来朱狸的暗示，还是保持轻缓地说:“人在江湖漂，哪能不挨刀，有些事情想开一些吧……哎，幸好我不用再混职场，不用再被阴，同情你哦。”

咪咪的话让朱狸暴怒，朱狸也不管三七二十一，直截了当地说:“你是不用混职场了，不必被人阴了，你上位后阴别人方便，而且专拿熟人开刀，这算是报复社会吗?”

咪咪愣了，拿起手机看了看来电显示，确定是朱狸，然后撕碎了刚才营造的自我感觉良好的贵妇气度，扯着嗓子说:“你说的是什么？我不明白，什么上位，什么阴别人，什么熟人开刀，什么报复社会，朱狸你把话说清楚一点。”

朱狸说:“你需要我说什么清楚，你做了什么自己知道。”

说完，朱狸把电话挂了。

没过三秒钟，电话疯狂打过来，咪咪上气不接下气地说："朱狸，你太过分了，你到底什么意思，今天必须解释清楚。"

朱狸说："我解释什么？你揣着明白装糊涂，为什么海南的会议我被除名，我相信你比任何人都知道其中内幕吧？我得罪了丁艰，还是我不够资格，我看这一切都是拜你所赐。"

咪咪说："原来是这件事，丁艰请不请你，是丁艰的事情，我虽然是他的妻子，也没有垂帘听政，你张口就冤枉我，何必？而且，这事你应该直接问丁艰比较合适，如果他知道你这样气呼呼地跑来质问我，完全不顾我怀有身孕，恐怕他也是会生气的吧。"

朱狸毫不示弱："知道自己怀孕了，就应该多多积德，免得害的不是别人，也不是自己，而是无辜的其他人。"

咪咪说："你……"

朱狸说："我懒得再跟你废话，实话实说，我对于你的为人早就不耻，只是一直没机会告诉你，现在一次告诉你也无妨，你撒谎成性捏造身世，全世界都在看你的笑话，你嫁给一个平头百姓却把他虚构成贵族，你用小人手段嫁给一个高层就立刻认为自己变成影后，出门还要遮遮掩掩，你到底能不能活得真诚一点？你把我阴下来无所谓，这样的机会对我来说，可有可无，但是你失去的是什么，你一辈子都在失去自己，失去别人的信任，失去周围的耐心，现在我就告诉你，你终将失去全世界，守着一个江湖混子老公和一个在胎里就被你的虚伪毒害浸淫着的孩子！"

说完这些话，朱狸不给咪咪反驳的机会，直接把电话挂掉，关机。

气得浑身发抖。

全世界仿佛像被放了一枚巨型的炸弹，炸得片甲不留。

朱狸原地坐着，浑身的血脉似乎都贲张着，难以控制的羞怒感，少有的羞怒感。

朱狸认为自己做人一向很克制，克制到吸收了很多负面的能量，却一直在努力消化，但是就算是海绵，吸收到一定程度也变成水涨涨，再也吸收不进去了，开始向外排，即使帮忙捏一把，捏出来多余的水分，海绵也孱弱无力，再也没强大的吸引力了。

此刻，朱狸就是一块被拧了一把的海绵，孱弱，伤筋动骨，痛苦，委屈，恼羞成怒……诸如此类，所有的词汇都能够用于此刻的朱狸身上。

卢迪在刷牙，叮叮当当地在卫生间里，仿佛没有听到朱狸的咆哮，也洞悉不了朱狸的难受，朱狸想哭，却忍住了，始终一动不动，盯着墙壁深处的某个小黑点。

卢迪刷完牙，溜达到朱狸的房间，问："终于跟咪咪决裂了？"

卢迪的话一说完，朱狸的眼泪哗哗地掉下来。

卢迪问："需要一个拥抱吗？"

朱狸有点脆弱，却倔强地说："我没事。"

卢迪耐心地坐在朱狸旁边，一只手搂住她的肩膀，说："来，说说吧，痛斥伟大革命友谊的感觉怎么样？"

朱狸抽抽搭搭地说："我忍耐好久了，可是，太欺负人了。"

卢迪说："你呀，就是太在乎别人，太重视友谊，处处让自己难受，何必？"

朱狸说："我不该重视友谊吗？"

卢迪说："原则上来说，是没有必要。"

朱狸奇怪地看着卢迪说："为什么？"

卢迪说:“你先说说什么是朋友?”

朱狸说:“就是……聊得来的,在一起很愉快的两个……陌生人,逐渐消除陌生感,变成亲密关系。”

卢迪说:“你说得很对,关键词极准:陌生人。”

朱狸好奇地看着卢迪。

卢迪说:“你知道,朋友只不过是陌生人,没有血缘关系,没有责任义务,没有道德约束,如果两个人彼此认可,友谊就存在,并持续,一旦有人不认可,立刻就会崩塌,谁都奈何不了什么。”

朱狸说:“你说得好凄凉。”

卢迪说:“这不是凄凉,这反而是优势。”

朱狸说:“又不懂。”

卢迪说:“你看,父母和我们的关系,是天生注定,没得选,我们未来和孩子的关系也是这样,这样的关系根基牢靠,坚不可摧,如果你胆敢对父母不好,立刻会被唾骂和定罪为不孝和不赡养,如果你对孩子不好,虐待和无良,总之,这都是强迫力极强的关系,我们不得不重视,无法轻松对待。”

朱狸说:“嗯,这是真的。”

卢迪说:“夫妻关系也有保障,你爱我,我爱你,我们结婚了,法律就保护我们,如果我劈腿,我就是陈世美,如果你劈腿,你就是潘金莲,我们被各种道德绑架,被良心逮捕,能不出错尽量不出错。”

朱狸忍不住笑了起来,脸上还挂着眼泪。

卢迪说:“朋友关系就是最没保障、没约束的关系,比如说,你控诉一个朋友对你不好,其他人就会说,谁知道你们到底怎么回事。再比如说,一个朋友借了钱跑了,你欲哭无门,别人知道了还会笑你是个傻子，对吗？”

朱狸点头。

卢迪说：“所以说，朋友这种关系呢，是一种比较自私的关系，因为没保障，所以更容易为所欲为，交友不慎，遇人不淑，其实是自己的问题，你说是吗？”

朱狸说：“你总是很多歪理，但是我还是很难受。”

卢迪说：“你必须要难受，这就是成熟必经的阵痛，疼完了，新的你就诞生了，所向无敌，所向披靡。”

朱狸说：“咪咪太过分了，她嫁给丁艰，却把枪口对准我。”

卢迪说：“这件事也未必，你现在所说的都是你的猜测，真实情况到底怎么回事，只有天知道。”

朱狸说：“真的是她，确定没错，上次我们俩说起曹青，她质问我为什么不喜欢曹青还跟她在一起，我该怎么跟她解释这件事，但是我又有什么必要跟她解释这件事呢？所以那次很不愉快，这次的海南会议，立刻没了我和曹青的名字，想想这几年，哪次活动，哪次会议丁艰会不邀请我？这还不能说明问题吗？”

卢迪说：“好，就算是咪咪在背后搞鬼，但是她主要目的是为了报复你吗？这也说不过去，你们只是闺蜜，不是情侣，就算你和她不喜欢的人交往，她也没有必要对你落井下石，我觉得这其中另有隐情。”

朱狸说：“有什么隐情，这件事我心里很清楚怎么回事，但跟你也说不清楚，总之我和咪咪的友谊完了，今晚真不错，连续结束两段友谊，该庆祝一下，友谊终结日。友谊大扫除。”

卢迪说：“还有谁？”

朱狸就把刚才跟余弦吃饭闹不愉快的事说了一下，卢迪听完之后，叹口气。

朱狸说:“是不是太过分了，不懂尊重人，随便拉着人去参加我们的私人聚会，还处处让我们难堪。”

卢迪沉思了好一会儿，说:“我不得不说，这样下去，你的世界里，就只剩下曹青一个人了。”

朱狸愣了一下。

卢迪说:“你看，你原来有很多的朋友，虽然也不能算是多么亲密但是一直保持着不错的关系，自从你认识曹青之后，你一点一点地把那些曾经和你要好的朋友都大扫除了，这样，值得吗?”

朱狸又愣了一下，想起前几天因为曹青的事，还跟乌凉也闹过别扭，来来回回，自己交往的这几个女伴，竟然都是因为曹青的存在，分别发生故障，这算是意外巧合纯属偶然?

但是，这个曹青没什么关系。

朱狸从前很少正视身边人的关系，倒是因为曹青的闯入，她开始认真地审视这些，比如说乌凉的刻薄、余弦的自我和咪咪的虚伪，这些品质曾经是朱狸很反感的，却为什么她分别交往拥有这些特征的人做朋友，即使在她们裸露出这些特征来的时候，她也尽量忍受?

卢迪说得没错，朋友关系是最松弛最没约束的一种，完全没有必要忍受，忍耐，迁就，合适就继续，不合适就分道扬镳，而自己一味忍耐，憋气到内伤，再集中火力暴怒发作，实在有点没必要。

一个都不要留，一个都不能留，那些不愉快的关系，宛如毒瘤，当下切除就好，不必等到扩散至全身，危害致命。

这天晚上，朱狸破例没有在自己的卧室里挑灯夜战，玩了会儿游戏，洗个了澡，钻进卢迪的被窝里去享受二人世界，卢迪显然有点受宠若惊，一番欢爱后，卢迪倒头大睡，朱狸则搂着卢迪的脖子，看着天花板，笑嘻嘻地说："反正全世界我一个朋友也没有也无所谓，是吧？至少还有你是我一辈子的朋友，对吧？"

卢迪哼了几声，翻身沉睡，朱狸感觉到身边有一个可靠踏实，又能帮助自己梳理缭乱情绪的人，是多么重要。

艳遇！艳遇！

但是管它爷们不爷们的，至少看韩剧让朱狸和卢迪的感情持续升温，俩人在看韩剧中找到了绝对的共同话题，并且监督对方不许去网上搜索接下来的剧情，但是朱狸有一天还是偷偷地搜索了一下，一搜索傻了眼，原来这部戏竟然有一百多集……

一切恢复了正常。

朱狸在对身边关系进行了一番大扫除之后，非但没有感觉到孤独寂寞，反而一身轻松，她也稍微改变了一下作息时间，把工作的时间挪到了下午，晚上她拉着卢迪一起看韩剧，本来卢迪是绝对不看电视剧的人，但是难得朱狸有这样的兴致，卢迪也不想打扰她，俩人吃完饭放弃了各自的餐后活动，买了花生、瓜子、开心果、牛肉干、薯片、蜜饯等各种零食，高高兴兴地窝在沙发里，看起了韩剧。

开始俩人对韩剧都没防备，以为就是矫情无比，凑凑热闹而已，没想他们运气很不错，赶上某个频道在重播巨型韩剧《黄手帕》，一集一集，竟然陷了进去，跟着剧情跌宕起伏，情绪也此起彼伏，甚至还会跟着剧情一起笑，哭，简直要命了。

用卢迪的话说，一入韩剧深似海，爷们从此不爷们。

但是管它爷们不爷们的，至少看韩剧让朱狸和卢迪的感情持续升温，俩人在看韩剧中找到了绝对的共同话题，并且监督对方不许去网上搜索接下来的剧情，但是朱狸有一天还是偷偷地搜索了一下，一搜索傻了眼，原来这部戏竟然有一百多集……

有的看了。

很巧的是，这几天安安静静地沉浸在韩剧中，曹青竟然也像懂事的孩子一样没来电骚扰，朱狸有几次想主动打电话问问她最近在干什么，又想起卢迪的提醒和卢迪的“友谊松弛论”，认为自己确实存在一定程度上的“过于关心”特征，所以总给自己找麻烦，于是她开始学习轻松对待法，并且把这种健康的心态写到了专栏里，让更多人正视“朋友关系”。

和卢迪的感情刚刚因为友谊破裂事件和韩剧浸淫事件而变得亲密的同时，一件意想不到的事情发生了。

这天，朱狸正在超市购物，推着购物车，来来回回地走，边走还边用手机上网，漫不经心地逛着的时候，朱狸感觉不远处有个人盯着自己，用一种很吊诡、很凌厉的眼神，这眼神让朱狸有点害怕，她注意追寻目光来自何人的时候，那个人悄悄地消失在偌大的超市中。

整个一天，朱狸都感觉到一种阴森森恐怖的冷袭。

这种冷袭，一直到傍晚时分，还没退去。

卢迪打电话来说单位有事需要加班，朱狸忽然觉得空荡荡的房间里有一种莫名其妙的恐怖感，说不上来为什么，她脑子里所有看过的鬼片、悬念小说、传说，全部都集合来，甚至朱狸不敢到卢迪关着灯的屋子里去，而且还更离谱地产生了幻听……

恐怖的感觉持续了一会儿，朱狸有点烦躁了，抓起电话来打给曹青。

曹青接了电话，在那边很兴奋地说："亲爱的，好久没见，你最近好吗？"

朱狸说："凑合，你呢？"

曹青把大嗓门压低，悄悄说："最近我艳遇不断！"

朱狸说："难怪，恭喜恭喜。"

曹青说："我最近桃花运好旺，认识了好几个不错的男人，其中有一个还帮我找了一个不错的房子，还帮我交了房租，另外一个，开保时捷跑车，肌肉男，还有一个……是投资人。"

听着曹青春风得意的语调，倒是让朱狸放松了好多，她说："难怪你都失踪了，才几天没联系，感觉你闯进美丽新世界了。"

曹青说："我真的是闯进美丽新世界了，我就是爱丽丝，亲爱的，最近我太忙，没空找你，你要照顾好你自己哦，要控制情绪，发火容易伤肝，要控制饮食，吃胖了不好减肥，总之，我爱你，你也要好好爱自己哦！"

朱狸受不了曹青惯性的甜言蜜语轰炸，只好嗯嗯哈哈收线。

刚刚挂了电话，朱狸的心又开始怦怦乱跳，朱狸念叨，日常也没做什么亏心事，干吗自己吓唬自己？

一个人，也没有看电视的兴趣，上网玩一会儿。

朱狸一上线，就看到了消失好久的桃一宣发来留言。

自从知道朱狸要结婚之后，桃一宣就失踪了，曾经的夜晚陪伴，也变成回忆。

说真的，有时候朱狸夜晚赶稿的时候，看着暗黑的桃一宣的头像和名字，也会倍感失落，甚至很希望某一天这名字和头像能够亮起来，像从未消失过一样，在漆黑的夜里，默默地陪伴着她，哪怕只言片语的问候也好。

突然疯狂留言，让朱狸有点惊喜之外的无所适从。

但是定睛一看，桃一宣急迫的留言只有几个字——在吗？不在吗？你在吗？

……

朱狸回复一句：我在。

桃一宣立刻出现了，他说：我一直在找你。

朱狸说：我一直在啊，从来没离开过。

桃一宣没回复，朱狸幽幽地说：失踪的，是你啊。

桃一宣说：电话号码给我，打给你。

朱狸毫不犹豫，甚至没有考虑地，把电话号码发给他，然后心跳若狂地握住电话，换了好几个地方，终于在阳台上，找到了一个可以看着月亮的位置，电话也正好来了。

桃一宣笑着说："认识这么多年了，我突然发现，没有你的电话号码。"

朱狸也笑："我们一直在网上保持联系，没想到会有线下的接触。"

桃一宣沉默了一下，说："做了最后决定了吗？"

朱狸说："什么？"

桃一宣说："结婚。"

朱狸说："总是要结婚的，早点，晚点而已。"

桃一宣说："你下午是不是去超市了？"

朱狸说:“……你怎么知道?”

桃一宣说:“我下午也在超市，看到一个人特别像你，没敢上前认。”

朱狸恍然大悟，又不敢相信:“你是说你下午也在超市？可是，你怎么会在我附近的超市出没?”

桃一宣说:“巧合，我正在附近办事，口渴，到超市买水，看到你很意外，你比我想象中……可爱。”

朱狸不禁失笑:“可爱？女人一过了30岁，这样的话都像是讽刺了。”

桃一宣说:“你现在在干吗?”

朱狸说:“和你通电话啊，还有……看月亮。”

桃一宣说:“很高兴认识你，也真的没想到会遇到你，而且是完全没准备的情况下。”

两个人寒暄了好久，朱狸在潜意识里一直盼望桃一宣说出:“我们见面吧”这样的话，哪怕是暗示一下也好，但是桃一宣除了赞叹奇遇和可爱，完全没有要跟朱狸见面的意思，朱狸很失望，又不便表示出来。

和朱狸预想的一样，在激动无比诉说了半天之后，桃一宣挂了电话。

月亮硕大而安静，无语地目睹了这一切。

所有的恐怖全身而退，想象力真是一把刀，戳得朱狸神经都过敏了。

卢迪回来的时候，朱狸有点心事重重，这天破例他们没看《黄手帕》，甚至没谈起《黄手帕》，卢迪跟她说着自己工作的事，朱狸也心不在焉，答非所问，卢迪感觉有点不对头，朱狸却说没事，没事，没事。

哪能没事。

烦。

铁一般的“不见”定律

这个世界上根本不存在情感专家，感情的多样性基于人类的多样性，我们用星座、血型、人格、地域、性别来划分的男女关系，只不过是一种极其模糊的概率，而真正落实到个人案例中，没有一个人是跟另外一个人相同的，而那些相似的东西，比如说磨蹭、龟毛、大大咧咧等特征，恰恰构不成关键的致命点。

从这天之后，朱狸和桃一宣又恢复了先前的联系，所以，因为那天卢迪加班耽误的《黄手帕》也就这样无休止地耽误下去。因为《黄手帕》而悄悄升温的感情也瞬间回到原点，一切仿佛悄悄来，又悄悄去，在敏感中进行，在迟钝中散场，朱狸甚至觉得这种细微的感觉，卢迪未必能意识到。

同样细腻的感受也发生在朱狸和桃一宣的关系上。

如果说之前桃一宣只是朱狸的一个特别的网友，那次超市相遇则打破了这种淡漠的关系，就像一颗石头怒投江边，翻起一个大涟漪，却没改变江水的方向。

在潜意识里，朱狸是盼望发生点什么意外的。

他深夜陪伴，他听到她结婚的消息消失，他在超市偶遇让他激动……这一些零零星星的小变动难道不能说明什么？但是她想证明什么呢？

烦躁。

开始想起自己总结的恋爱定律：

1. 没有充足的热情，他是不会跟你见面的。

2. 如果没有特别的喜欢，他是不愿意改变现有的交往状态的。

3. 别怀疑，总是跟你聊来聊去却从来不提见面的，你只是他的备胎。

……

这些铁一般的“不见”定律曾经点醒过很多人，但是现在事情发生在朱狸身上，朱狸却开始怀疑和动摇。

真的是不在乎不在意，没感觉没热情吗？

那么，怎么解释那一通迫切的电话，怎么解释他对他们偶遇的激动？

现实总是会在我们的经验之外露着狰狞而顽皮的鬼脸，无法解释，未能理解，朱狸恨不能生出七窍灵玲心，立刻洞悉事件一切玄妙，再不用受这种猜疑的煎熬。

但是怎么可能。

人总是缺乏“上前问一问”的勇气，无非是因为面子这个最大的障碍，无奈让自己在迷惑中困顿。

上前问一句，说起来容易，简直像是法庭听候宣判一样恐怖，而且一旦得到对方的否定，破裂的自尊心和无法面对的窘局该怎么办？怎么办？

沉默的优点在于，就算自虐到爆，至少谁都不知道。

尊严，尊严，尊严真的高于一切。

宁愿在尊严中咬碎牙齿咬破舌头，也不愿意像个莽撞大汉一样闯进女厕所被打个血头狗脸，这样比喻一下，应该可以安心了吧？

这个世界上根本不存在情感专家，感情的多样性基于人类的多样性，我们用星座、血型、人格、地域、性别来划分的男女关系，只不过是一种极其模糊的概率，而真正落实到个人案例中，没有一个人是跟另外一个人相同的，而那些相似的东西，比如说磨蹭、龟毛、大大咧咧等特征，恰恰构不成关键的致命点。

到底是为什么？

和所有人一样，当常识和经验无法解释现状的时候，朱狸迷上了算命。

先是翻了翻渡边淳一的《男人这东西》，再查了一下两性心理学，甚至跑到网上去抽了黄大仙灵签，越算心越烦。

拎起包去购物算了。

斗智斗勇彩妆小姐

> 没化妆的曹青和路人没有任何区别，略微有点浮肿的脸，现在猛地一清淡显得有点模糊的五官，褪下彩妆回复真我，倒是让朱狸感觉更好一些。

一下午，马不停蹄，买了鞋、包、口红，还有一大堆零食，心情总算好了很多。

打电话给曹青，曹青还在睡觉，天知道曹青每天的作息是怎么安排的，她每天都喊着睡美容觉，却老是在凌晨出没，白天只要不约会，也会倒头大睡。

听到朱狸在购物，曹青几乎是立马从床上蹦起来，电话夹在耳朵上一边说着一边穿戴整齐，踩着高跟鞋风火轮一样奔赴过去。

曹青生平最喜欢的事情有两件，一是大声喧哗，二是逛街购物。

朱狸在咖啡馆里喝了不到一杯咖啡，翻了不到一本杂志，曹青就已经赶到了，曹青风风火火，一脸桃花，对朱狸说："哎呀，你购物不早给我打电话，害得我一直睡睡睡，像一只猪一样睡，脸都睡肿了，晚上还有约会呢，这可怎么见人。”

朱狸很意外地说:“咦，你竟然没化妆?”

没化妆的曹青和路人没有任何区别，略微有点浮肿的脸，现在猛地一清淡显得有点模糊的五官，褪下彩妆回复真我，倒是让朱狸感觉更好一些。

曹青也不太在意，她说:“我就是接了你的电话，火速赶来了，哪里有时间化妆收拾，要不然至少要两个小时。”

朱狸说:“你不是晚上还要约会吗？你打算这样去约会吗?”

曹青说:“当然不，怎么可能?”

朱狸说:“难道你一会儿还打算再回去?”

曹青说:“当然不!”

朱狸迷惘了，曹青则兴致勃勃，拉起朱狸就走。

在某一层的彩妆超市，曹青意气风发地走进去。

彩妆超市人不少，不过因为都是顶级名牌，基本是看得多，买得少。

朱狸经常经过这个彩妆超市，却很少进来过，这次跟着曹青一起进来逛了逛，发现很多新产品上市，眼花缭乱。

曹青很熟练地坐在试用台前面，身手利索地涂上爽肤水，乳液，然后迅速地涂上日霜，朱狸正好转过来，看着曹青高超的技法有点吃惊，曹青很镇定地做完这一切，假装若无其事地离开这个试用台，转向另外的柜台，走了几步，选了几款防晒霜、BB霜、粉底液的试用装，另外找了一个试用台，坐了下来。

这时候，专柜小姐已经注意到了曹青，她很热情地走过来，对曹青说:“请问您需要什么样的产品?”

曹青说:“帮我推荐一款防过敏的眼霜吧。”

说着，曹青理直气壮地把BB霜和粉底液涂到脸上，对着镜子看了一会儿，皱着眉头说：“这颜色显得脸色暗沉，不好。”

朱狸坐在曹青身边，说：“我觉得还好啊，一点都不暗沉。”

曹青迅速给朱狸递过来一个硕大的眼神，朱狸没意会。

专柜小姐拿了一本产品册，热情地给曹青介绍各个品牌的眼霜，天花乱坠，很精彩，说得朱狸都甚至蠢蠢欲动，想买几款试试，曹青一边涂着眉毛，一边听专柜小姐解说，不耐烦地说：“这几款我都用过，不适合，还有其他的推荐吗？”

专柜小姐耐心地对她说：“这几款都是我们本季卖得最好的产品，如果您不感兴趣的话，能告诉我您大概需要什么价位的产品吗？”

曹青怒目圆睁，对专柜小姐吼道：“你这是什么意思？难道你认为我不喜欢这几款产品是因为我买不起吗？拜托，我从来都是从欧洲直接买货的，你们这些号称进口的产品很多都是在内地勾兑的，天知道在运输过程中会有什么可怕的物质钻进去，我用产品是很讲究的！”

专柜小姐立刻道歉，曹青怒气冲冲，说：“你到底有没有职业素养，到底懂不懂推销规则，你是怎么对待客户的？这么差劲！”

专柜小姐还在道歉，这时候，另外一个专柜小姐过来了，问：“怎么回事？”

朱狸也在旁边规劝曹青：“算了，别吵了。”

曹青不屈不挠，继续训斥专柜小姐：“你知道自己是在服务行业吗？你这算什么，这算是挑衅顾客吗？告诉你，像你这种一个月收入都不够买一套护肤品的人，见识就是这样短浅，你知道我是干什么的吗？你知道我的收入是你的多少倍吗？说出来把你吓死，知道你为什么在生活底层挣扎，而我能一飞冲天浴火凤凰吗？这就是做人的境界，学着点吧，否则你一辈子都不会成功！”

专柜小姐终于成功地被曹青骂哭，在骂哭专柜小姐的同时，曹青已经把眼线、眼影涂好了，她已经有了一半平时的模样，而且朱狸是亲眼见证曹青如何耳听八方、眼观六路把自己从路人塑造成妖孽的，朱狸不得不赞叹曹青的本领，虽然她实在受不了曹青这样悍然地欺负可怜的专柜小姐。

新过来的专柜小姐似乎比被曹青骂哭的有经验，她用非常礼貌且有分寸的态度对曹青说：“这位小姐，如果您对我们店里的店员有任何意见，可以到我们的官方网站去投诉，现在是营业时间，希望您能配合我们一下，保持安静，可以吗？”

曹青撇了一眼她，不耐烦地说：“你们最好别来打扰我，让我安安静静地体验一下产品，这样吵吵嚷嚷的，把我的购物好心情都破坏了，真是太扫兴了！”

专柜小姐注意到曹青开始涂睫毛膏，她顺便问了一句：“您还需要推荐眼霜吗？”

曹青说：“好啊，换你来，你们产品页上的产品我全部都不要，我要价位在500元以上的，非大陆牌货的，原装进口的，注意，是原装进口，不是国内封装的，防过敏的，有遮瑕功能的，最好保质期在一年内的。”

专柜小姐微笑着想了想，没说话。

曹青说：“怎么样？有吗？”

专柜小姐说：“请稍等一下。”

专柜小姐走了，曹青又趁机拿了试用装的刷子扫了腮红，美美地对着镜子眨着装修完毕的电眼，然后还给朱狸飞了几个媚眼，朱狸开始有点焦虑，她看不惯曹青的各种作风，却也因为是跟曹青以闺蜜的身份绑定来逛的，所以刚才这一幕对朱狸来说，简直如同被强迫绑定出卖的劣质产品一样，在挑剔人的眼皮底下晃来晃去，极其难受。

朱狸悄悄跟曹青说:“你别再难为她们了，我们去其他地方逛逛吧。”

曹青笑着说:“这帮废物就是狗眼看人低，你穿戴名牌呢，她们就会对你多看一眼，说话都带着善媚，如果你穿戴普通，她们就会露出冷冷的眼神，我跟你说，我看够了她们的虚伪和势利，我就是要让她们难堪，哼。”

朱狸无奈纠正:“是谄媚，不是善媚……”

曹青嘻嘻笑起来，说:“好，谄媚，又贪吃又伏媚。”

朱狸更加无奈:“……妩媚!”

曹青笑得更开心了，选了一款血红血红的唇膏，“伏媚”地涂在了嘴唇上，然后撅起嘴巴，做了一个很性感的姿势，一个活脱脱的封面女郎诞生了。

朱狸亲眼目睹的一切令她忍不住赞叹彩妆的神奇功效。

同时，朱狸也确实认为曹青有着不同凡响的功力，竟不用借助化妆师，且在如此短暂的时间内让自己脱胎换骨，难怪她敢裸着脸出门，晚上约会。

朱狸说:“你真打算要那个眼霜吗?”

曹青说:“当然不，我只是需要在这里化个妆，就像在超市的试吃专柜，尝一尝而已，再说了，她怎么可能找到我说的那种眼霜，哈哈哈……”

朱狸叹了口气，曹青一切感觉满意了，起身和朱狸说说笑笑，准备出门。

这时候，第二个专柜小姐拿来了一个包装很精致的小瓶子，对曹青说:“小姐，您刚才要找的眼霜，我找到了，如您所愿，这款产品零售价 890 元，是一个瑞士高端品牌，这个牌子只有少数人知道，他们走的是高端路线，绝对的原装进口，是在瑞士原厂封口生产的，保质期只有 8 个月，这批只来了 5 件，请看日期，是本月的。”

曹青被这个精明能干的专柜小姐打败，她张口结舌，不知所措。

专柜小姐继续笑着说:“小姐，请跟我到款台结账。”

曹青一下子愣了，她拿出电话，假装要接电话，专柜小姐似乎看出了曹青的目的，先一步说:“小姐，请您跟我到款台。”

说着，专柜小姐用不卑不亢却绝对威力四射的表情看着曹青，曹青也确实慌乱了，她保持镇定地对专柜小姐说:“这个牌子我没用过，还不知道效果如何。”

专柜小姐话中有话地说:“您已经试过全部彩妆产品了，应该知道我们这里出售的产品是什么标准的了，您实在没有必要怀疑这些。”

曹青语塞，求助地看了看朱狸，朱狸也意识到曹青遇到高手了，于是，为了解围，朱狸说：“你是不是着急出门，现金没带够?”

曹青立刻说:“对对，没错，我着急出门现金带得不多，这样吧，我下次再来买吧。”

专柜小姐说:“我们这里提供刷卡服务，如果您没带现金，可以刷卡消费，我们可以接受全球任何一种消费卡，包括储蓄卡、信用卡、银联卡，甚至可以用公交一卡通来消费，一定有一款适合您。”

曹青已经冒汗，朱狸说:“我带了卡，我先借给你吧。”

曹青立刻说:“不用，不用，朱80，你不要这样——这位小姐，买不买是我的自由，您是强迫我消费吗?”

曹青虽然话还咄咄逼人，语气却已经明显微弱了很多，而且带着心虚的轻微颤抖，专柜小姐仍旧保持不卑不亢的状态，对曹青说:“当然不是，您一看就是我们彩妆超市的老顾客，我怎么可能会强迫您消费，我是完全按照您的要求为您找出了您需要的产品，我不想理解为您故意刁难我，为了蹭我们的彩妆试用品，您一定不会是这样的人吧?”

曹青脸红耳赤，幸亏涂了腮红，否则可以直接上台去演关老爷。

曹青结结巴巴地说:“你怎么会这样说，当然不是，我怎么可能，你说什么呢?什么蹭你们的试用装?你们的产品试用装不就是免费提供给客人体验的吗?如果你们免费不起，就干脆别提供啊!”

专柜小姐说:“您非常明白，试用装是提供给客人体验产品的，现在您觉得您试用的所有的产品怎么样?”

曹青硬撑着说:“效果一般般啊，你也看到了啊，效果很一般啊，我并不满意。”

专柜小姐就说:“好，既然您对我们产品体验不满意，您可以用我们店里免费提供的卸妆油把产品卸掉，不好的产品会破坏您的皮肤的，我也是为您好。”

曹青已经完全无力接招了，而且旁边有好多顾客也已经开始观战，纷纷对曹青的行为表示嘲笑，朱狸在曹青身边，因为跟曹青绑定，所以她觉得自己也像是被扒光了衣服晒在广场上一般，无处可躲，面红耳赤，恨不能立刻尿遁。

曹青眼看已经被专柜小姐逼上绝路，她豁出去了，有点破釜沉舟的意味，她说："我对你们的产品是不太满意，但是我现在不愿意继续用你们的免费卸妆产品，我要回家用自己的卸妆油卸掉。"

专柜小姐说："您的卸妆油是什么牌子，我们这里拥有几乎所有的卸妆品牌，绝对不会比您家里的差。"

朱狸实在看不下去了，她拿出钱包，对专柜小姐说："这样吧，这个眼霜我要了……"

专柜小姐完全不领情，还是盯着曹青，说："小姐，您到底是要卸妆，还是要眼霜？"

曹青支支吾吾，完全没有办法了，突然，曹青大喊："你们店长呢？我不满意，我要投诉！"

专柜小姐说："很荣幸，我就是本店的店长，也是我们品牌亚洲区的负责人，您有什么不满意，都可以告诉我，我会竭诚地为您服务的。"

旁边的人都开始笑起来，曹青已经无法面对，朱狸也已经无法面对的时候，突然来了一个胖胖的中年客人，嗓门不输于曹青地说："喂！你们负责人在哪里？赶快给我出来！"

大家的目光倏地一下被这个胖胖的中年顾客给吸引去。

专柜小姐正在跟曹青智斗，一下子看到半路杀来程咬金，稍微有点意外，又不得不赶快迎过去，问："您好，您有什么需要吗？"

胖客人气焰嚣张地说："你们这是什么破产品，不是号称不晕染一整天吗？我去参加酒会，半路上就发现晕染，到了酒会现场已经变熊猫眼了！你们必须立刻给我退款！”

曹青双手合十，暗念：老天救我……

然后，曹青很颐指气使地对胖胖的中年人说：“哎呀，终于有人来揭露这家可恶的店了，高价出售低劣产品，欺骗消费者感情，店员素质低下，还气势汹汹，强迫消费，这哪里是化妆品店，这简直就是一群土匪强盗开的黑店！大家都要注意哦！别在她家买东西！”

胖胖的顾客不明所以，看到有同盟来支持，气焰更加嚣张，她粗着嗓子大喊：“没错！当初买的时候把产品吹上天，结果怎么样？差劲！不要上当！”

刚才看热闹的一群人因为看到有人来投诉，于是纷纷站在曹青的一边，有几个本来要结账的顾客也立刻放下了手里的产品，顿时气氛乱成一团，曹青一看情况合适，立刻拉着朱狸悄悄地溜出了化妆品专柜。

出来之后，曹青出了一身汗，对朱狸说：“太险了……”

朱狸心里很不是滋味，她对曹青说：“你下次不要这样了，太尴尬了。”

曹青说：“尴尬什么，我只是这次遇到一个极品，谁知道运气这么不好，竟然遇到一个老辣的店长，哎，运气不好运气不好，差点就脱不了身，幸好有那位大婶，哎，虚惊一场……”

朱狸说：“你经常这么干吗？”

曹青说：“是啊，这个很方便啊，而且都是顶级品牌，效果很不错的，你看看，这个唇膏颜色很吊吧？我好喜欢哦！”

朱狸说：“你生日的时候，我买了送你当礼物吧。”

曹青说：“别啊，别别，不用的，我下次找我新认识的男人买给我——哎，光顾着吵架，时间不早了，我得赶去约会了，你回家去吗？”

朱狸说：“不用管我，你去吧。”

陪曹青在路边等出租车，曹青还有点惊魂不定的意思，她悄悄对朱狸说：“我运气最近确实很差。妈的，出门化个妆还撞上店长，谈个恋爱又遇到ED。”

朱狸很吃惊：“不会吧？ED？”

曹青咯咯咯笑起来，说：“你也没想到吧，真的是个ED啊，完全硬不起来，而且尺寸……小萝卜头哦！”

朱狸也忍不住笑起来：“这确实是太遗憾了。”

曹青说：“我以前还以为他是个正人君子，之前几次见面，吃晚饭他都是文质彬彬地送我回家，几乎从来不提多余的要求，好正派的！”

朱狸说：“你是怎么把他骗上床的？”

曹青说：“那次我们喝了酒，我谎称胃疼，他带我去医院看了看，然后我说没人照顾我，我恐怕晚上会难过，孤独，他动了恻隐之心，于是给我开了一个酒店房间，晚上陪我，照顾我，结果就……”

朱狸说：“那会不会因为你们还太陌生，所以……”

曹青说：“不可能，他折腾了一晚上呢，哈哈，笑死我了，看得出来他是很急迫地想要我，但是……力不从心哦，夸张的是，无论什么方法他都硬不起来，但是当我打算放弃去洗澡的时候，他忽然从背后抱住我，一下子就泄了……哈哈哈，你说好笑不好笑哦！”

朱狸哈哈大笑起来，这时候出租车也来了，曹青带着一脸精美的妆和因为说笑话而调整好的状态，风光地上了车，绝尘而去，朱狸看着出租车离去好久好久，都没有回过神来。

后来，朱狸又回到了化妆品专柜，买了一个腮红，她有点赎罪的心态，不过这才一会儿的工夫，店员已经明显不记得她了，如常地低着眼皮，大家各忙各的，谁也没多在意朱狸的用意和好意，朱狸结账，走人，甚至希望谁能把她认出来一下，可惜，环视一圈，顾客也换了一批，刚才那俩专柜小姐也已经不见，大家熙熙攘攘，忙忙碌碌，仿佛什么事情都没发生过。

虽然有点失落，至少心安理得。

朱狸满意地离开了。

从暧昧到闺蜜

桃一宣说："如果……我是说如果，为什么不选择其他的姿势，比如说，在马桶圈铺上纸巾，或者，为了避免这种情况，自带消毒纸巾什么的，总之，太狰狞了。"

"也就是说，这是一个蹭化妆品专业户？"

桃一宣听完朱狸的倾诉，这样定义。

朱狸叹口气，打字："看起来是这样的。"

桃一宣："挺有意思的，我听说女人都是蹲在马桶上方便的，有这回事吗？"

朱狸愣，思维跳跃太快，从化妆品到马桶。

朱狸说："这样……因人而异吧。"

桃一宣更有兴趣："也就是说，不排除这种状况？"

朱狸说："你怎么会对这种问题感兴趣？"

桃一宣说："是这样的，有一次我们公司在外地开会，当时那个餐馆厕所是不分男女的，一个女孩上厕所的时候忘了锁门，我闯了进去，真的很骇人——她蹲在马桶上，那个场景真的……令我终身震撼……"

朱狸说："是这样的，如果公共马桶没有提供消毒厕纸的情况下，很多人担心染病，所以……会选择一些比较安全的方式……”

桃一宣说：“如果……我是说如果，为什么不选择其他的姿势，比如说，在马桶圈铺上纸巾，或者，为了避免这种情况，自带消毒纸巾什么的，总之，太狰狞了。”

朱狸说：“我也很意外。”

桃一宣说：“是吧，简直是摧毁人心的意外。”

朱狸说：“我意外的是，这件事我觉得挺平凡的，怎么会给你如此震撼人心的感受，这个我有点不能理解。”

桃一宣说：“我也不知道怎么解释这种感觉。”

这段对话让朱狸很不愉快，莫名其妙的感觉弥漫全身。

朱狸随便在网上抓了一个男同学，问：“我想问你一个问题。”

男同学大概十年没联系，突然接到朱狸的发问，立刻回复：“什么问题?”

朱狸说：“如果一个男人，问一个女人关于女性隐私的话题，这代表什么?”

男同学一时没反应过来，打了一个问号。

朱狸说：“算了，没什么。”

又随便找了一个男人，问了同样的话，男人说：“你这是在暗示，我们可以关系更进一步吗?”

朱狸恼火，直接拉黑。

心烦意乱。

桃一宣真是朱狸无法解开的一道谜题，想起来就心烦意乱，充满挫败感，这种感觉真的太难受了。

晚上跟卢迪去吃烛光晚餐，在美妙的小提琴声音里，朱狸突然又问出了这个不合时宜的问题。

朱狸说:“你说，要是一个男的，肆无忌惮地跟女人讨论女性话题，这是什么意思?”

卢迪说:“很简单啊，不是拿她当姐们，就是拿她当哥们了。”

朱狸说:“哦? ……是吗?”

卢迪说:“谁这么悲催?”

朱狸不好意思地笑笑，说:“……没谁。随便问问。”

卢迪说:“又是你那个爆炸闺蜜曹青吧?”

朱狸不置可否，闺蜜的另外一大功能就是抗雷，反正所有荒唐的事加筑在曹青的身上都会变得不那么荒唐，理所应当。

但是，卢迪的话让朱狸陷入另外一轮难过中。

虽然不一定是标准答案，但是也确实是可能的答案之一。

她和桃一宣的关系，已经明明白白地由暧昧直接滑翔到闺蜜了吗?

天天都是纪念日

太可怕。一念之间，她由一个倡导真善美，帮人梳理感情问题的专栏作家变身一头躲在幕后阴毒可耻的狗头军师，总是在烦躁曹青的种种观念不正，自己也悄悄不觉地伸了一脚跨进这个行业边际，这样继续下去，会不会被曹青同化，变成和她一样的人？

曹青在凌晨打来电话，兴致冲冲，完全忘记了下午在化妆品店遭受的凌辱，她说："朱80，你猜，今天这个约会对象送我什么礼物？"

朱狸说："大钻戒？还是名车？"

曹青说："哇，你胃口比我还大，大钻戒和名车是必需的！但是现在还为时过早，今晚约会的这个男人送了我iPhone！"

朱狸说："挺好的——为什么突然送你手机？"

曹青说："我骗他说今天是我的生日啦。"

朱狸说："你的生日不是还早吗？"

曹青说："哎呀，有什么关系，我说哪天就是哪天了，过几天我再跟另外一个人说过生日，再要一个iPad。"

朱狸说："生日过多了不好，会老得快。"

曹青说:“没关系的，总要有个借口嘛。”

朱狸说:“那你可以庆祝纪念日啊，比如说纪念认识第18天，纪念约会第3次，纪念……反正只要你愿意，每天都是纪念日。”

曹青在电话那边狂笑:“哎呀，80，你太有才了，我爱你，哈哈哈……纪念日的主意不错，我明天要列一个excel表格，把每个认识的男人都整到列表中，跟每个人都不停地庆祝纪念日，哈哈哈，这个主意真棒哦!”

朱狸无奈地说：“你收他们那么多礼物，又不真诚跟他们交往，这样不会出问题吗?”

曹青说：“我只要得到我需要的，就可以了，谁还有空理他们。”

朱狸说:“你太想得开了。”

曹青说:“必须要想得开哇！他们对我存心不良，那么就要付出代价，一个iPhone，一个iPad，一瓶香水，一个手提袋，也不过千把块钱，又不用伤筋动骨，我可是付出了时间成本，付出了强颜欢笑的演技，很累的，平等互换，没什么不好的。”

朱狸叹了口气，曹青说:“咦，你怎么好像心情不太好。”

朱狸说:“有一个问题我怎么也想不通。”

曹青说:“什么问题呀？说出来我听听。”

朱狸说:“简单说吧，如果一个男人跟你肆无忌惮聊什么女性话题，你觉得这是怎么回事?”

曹青说:“什么样的女性话题?”

朱狸说:“比如说……女人的一些小怪癖。”

曹青说:“女人有什么小怪癖?”

朱狸说:“就是，比如说，蹲在马桶上之类的这种问题。”

曹青说:“马桶不就是用来蹲的吗？难道要直接坐下？谁知道

马桶圈上沾着多少大肠杆菌，多少链球菌，多少性病病毒……”

朱狸求饶:“别说了，太恶心了。”

曹青说:“所以说，必须要蹲着呀，这有什么好奇怪的。”

朱狸说:“我说这个问题的重点不是讨论蹲着还是坐着。”

“那是什么?”

朱狸说:“我就是不太明白为什么他会跟我讨论这样的话题。”

曹青说:“这还不简单吗?男人的窥视癖呀，男人很白痴的，他们对女性有一种盲目的神秘的崇拜，以前还有一个男人问我，女人阴道那么小，婴儿怎么可能从这里出来的，你说这个人白痴不白痴呢?”

朱狸笑起来，她说:“那你怎么回答的。”

曹青说:“我才不回答他呢，我又不是百科全书，也不是搜索引擎，更不是答题器，干吗跟这种无聊的人讨论这么无聊的话题啊，想知道?问他妈去吧，问他是怎么从他妈的阴道里出来的——又没请我吃大餐，也没送我礼物，还好意思麻烦我，男人真够烦的!”

朱狸说:“也是，我也不是百科全书，也不是搜索引擎，更不是答题器，何必要理会这么无聊的问题。”

曹青说:“类似的状况我有一箩筐啊，你要听吗?”

朱狸说:“算了，没太多兴趣，我还是那句话，我并不是纠结问题本身，我只是不太明白，他为什么会跟我讨论这样的问题。”

曹青说:“是你们家那个冷漠的帅哥吗?”

朱狸说:“不是他，他没那么变态。”

曹青说:“哇，你有了新的情况吗?快跟我说说，是个什么样的人啊?帅吗?有钱吗?有车有房吗?有品位吗?说话幽默吗?舍得花钱吗?”

朱狸说："停停停。你说到哪里去了？事情并不像你想的那样，这只是一个没见过面的普通朋友而已——你说话注意点，我可是马上要结婚的人。"

曹青说："结婚又怎么了？你现在不是还没有结婚吗？你现在可以选择全世界的男人，未必一定要跟那个冷酷的家伙绑在一起的，而且，就算结婚了，你也应该拥有感情自由的权利呀，你可不能束手就擒，变成婚姻的奴隶呀，女人要活出自我，要活得精彩，你明白吗？朱80，虽然你现在年纪也不小了，也稍微有点发福的迹象……但是你要勇敢地挑战命运哦！"

朱狸说："你又来了！"

曹青说："看，一说你又不高兴了！"

朱狸说："算了，不跟你说了，我要去工作了。"

曹青说："你也不要老工作啊，你去报一个瑜伽班，或者健身班吧！"

朱狸说："没什么意思。"

曹青说："你看，这就是你因为不注意调节生活而造成的厌世情绪。"

朱狸说："好了，让我厌世下去吧！"

曹青还想继续说关于厌世的话题，朱狸挂断了电话，如果不挂断，这样的对话将无休无止地继续下去，因为曹青对每一个话题都有见解，都想发表看法，都想讨论，尽管有时候曹青的话还是挺好玩的，但是此刻的朱狸，已经不想再听了。

挂完电话，朱狸又对自己乱给曹青出主意有点后悔。

什么每天都是纪念日，找这样的借口，骗男人给自己买东西，这是多么可耻的行为，如果曹青某一天被道德公审，自己难道不是帮凶？

太可怕。一念之间，她由一个倡导真善美，帮人梳理感情问题的专栏作家变身一头躲在幕后阴毒可耻的狗头军师，总是在烦躁曹青的种种观念不正，自己也悄悄不觉地伸了一脚跨进这个行业边际，这样继续下去，会不会被曹青同化，变成和她一样的人？

太可怕。

虽然已经被迫接受曹青做了自己的朋友，但是一想起自己可能在某些方面和曹青相像，还是万分不情愿。

不认可的，未必不能成为朋友，但是绝对不允许自己变成不认可的那个人。

清醒，清醒，清醒。

丢人的相亲大会

三个人凑在了一起，曹青打扮得光彩照人，嘴唇涂成猩红色，假睫毛也像两把小扇子，浓密得吓人，让人想起米老鼠的女朋友，穿了一件超短的裙子，勉强盖过底裤的边缘，朱狸想起玛丽莲·梦露经典的地铁口挡裙子的画面，如果这个画面发生在曹青身上，估计她压住前面，后面也会全面展露。

朱狸接到了通知，邀请她参加一个千人相亲大会。

朱狸对这样的邀请不解，虽然自己单身且大龄，还不至于惊动了有关组织，要派人对她进行强迫拯救吧。

后来致电给组织单位，才知道原来自己是以资深的专栏作家身份来出席这个盛会的，也就是说，邀请她去不是为了相亲，而是为了给这个大会增加“权威性”，据说和她一起出席的还有几个著名的相亲达人、婚恋心理专家等。

得悉自己不是要去千人大会相亲，朱狸总算是松口气。

跟卢迪说这件事，卢迪诡异地看着朱狸说：“这倒是个好机会。”

朱狸说：“什么好机会？”

卢迪说：“婚礼前的最后狂欢。”

朱狸说:“莫名其妙，就算我没有婚礼打算，我也不可能去相亲的。”

卢迪说:“为什么?”

朱狸说:“不为什么，这种方式很奇怪。”

卢迪说:“你平时写专栏，没有写到过类似的话题吗?”

朱狸说:“也有写过，不过大多数不是就相亲这话题本身讨论，有人会写信问我相亲被骗怎么办，诸如此类的话题……”

卢迪说:“那你对相亲怎么看?”

朱狸摇头，想了想，再摇头。

卢迪说:“这么说吧，如果我们俩不认识，如果我们俩一直都保持单身状态，我是说如果啊……你会用相亲的方式去恋爱吗?”

朱狸说:“应该不会，我喜欢一见钟情，偶然邂逅，怦然心动……”

卢迪说:“相亲也可能遇到一见钟情，偶然邂逅，怦然心动的感觉啊。”

朱狸说:“怎么可能。”

卢迪说:“这不就是一个相识的方式而已吗?至于认识之后怎么发展，和其他相识方式都是一样的。”

朱狸说：“这么说，如果我们俩不认识，你很有可能会去相亲?”

卢迪考虑了一下，说:“可以试试啊。”

朱狸说：“咦，你跟我去吧，假装我们俩不认识，也没有婚约。”

卢迪说:“假设不成立，邀请被驳回。”

朱狸说：“为什么不成立，万一你在相亲大会遇到心动的人呢?”

卢迪说:“你在逼着我犯错误?”

朱狸说:“我很好奇，就算做个实验啊，千人相亲大会，可不是随随便便有机会参与的，而且据主办方说，这次大会对参与者的收入、真实身份、学历背景等都作了严格的审核，确定是严肃认真的大会。”

卢迪翻白眼:“我要去看球赛了，你慢慢研究吧——对了，你那个闺蜜估计会对这种事更感兴趣。”

卢迪一提醒，朱狸恍然大悟，千人相亲大会，对于喜欢谈恋爱，喜欢男女关系，喜欢热闹，喜欢参与的曹青来说，无疑是一个展示的大舞台，朱狸打算给曹青一个惊喜。

晚上，朱狸接了一个电话，是好久不联系的一个朋友，绰号老猪，因为胖得有点离谱得名。

老猪说自己最近在搞一个视频网站，要做很多视频节目，问朱狸能不能帮忙出出镜，朱狸一口回绝，她习惯躲在幕后，绝对不希望在台前出现，老猪费尽唇舌邀请朱狸参加，还打起了友情牌，说自己现在刚刚开始建立各项资源，做朋友的一定不能袖手旁观，朱狸快要崩溃了，她确实有这样的奇怪的软肋，只要别人一拿各种大帽子扣她，她就会自动变软，自动投降。

但是这件事非同小可，写文章的话，下笔千里，随意驰骋，但是一想到聚光灯下口唇翻滚，说着各种张扬跋扈的话，一脸泛滥的油光……

不行，还是不行。

朱狸心存愧疚地不断跟老猪道歉，老猪似乎也不依不饶，盛情无比，软硬兼施，后来朱狸想到了一个折中的主意，说帮助老猪推荐一个能说会道、喜欢表现的人替代她，不知道是否可以。

老猪略微不快，不过作为折中的主意，也不算太驳他的面子，于是老猪问哪天有空见一面。

朱狸表示随时都可以，老猪立刻说："不如就现在。"

"现在？"朱狸有点惊讶，一下联想到老猪可能怕自己只是敷衍，所以立刻要她兑现承诺。

朱狸挂了电话，立刻打给曹青，曹青过了好久才接。

朱狸说："两件事，第一件事，现在马上出来，有一件比较重要的事情要谈；第二件事，见面再谈吧！"

曹青说："什么事啊？我还没化妆呢，而且，到底有什么重要的事？"

朱狸说："你愿意不愿意做出镜的嘉宾？"

曹青立刻声音高了几个八度："当然了！"

朱狸说："那就快点出来吧。"

就这样，已经快要10点钟，选择了离老猪近的地方，找了一个日本料理。

三个人凑在了一起，曹青打扮得光彩照人，嘴唇涂成猩红色，假睫毛也像两把小扇子，浓密得吓人，让人想起米老鼠的女朋友，穿了一件超短的裙子，勉强盖过底裤的边缘，朱狸想起玛丽莲·梦露经典的地铁口挡裙子的画面，如果这个画面发生在曹青身上，估计她压住前面，后面也会全面展露。

曹青的到来让日本料理店蓬荜生辉，更让老猪色眼迷离，从曹青进来到坐下，老猪的色眼根本没离开过她几乎半裸露的胸部。

面对这样的状况，朱狸已然放心，看起来不会有太大的问题了。

老猪色迷迷地盯着曹青，曹青也属于那种人来疯型，越有人肯定她，她就会有越大的爆发力，一发现老猪的表情，已经十拿九稳，还没搞清楚怎么回事，先开始放电了。

一个在放电，一个在享受电流，这场面恐怕无法把持了。

朱狸咳嗽了一下，说:“介绍一下，老猪，曹青。”

曹青笑着把手伸向老猪，老猪立刻像看到了一块牛扒一样鼻子和头一起伸过去，差点连哈喇子都流出来了，曹青咯咯咯地笑着，把牛扒缩回来。

老猪意犹未尽，鼻涕、哈喇子、眼屎凝聚在一起，汇成一个淫荡的表情，来回扫荡，曹青已经得到了来自异性的最大满足。

朱狸说:“好了，现在老猪你可以把你的项目介绍一下，看看曹青是不是有兴趣。”

老猪这才想起来今天来到这里聚会的目的是什么。

老猪咳嗽了一下，正襟危坐，但是还是控制不住飘忽的眼神，不听话地老往曹青的胸部钻。

曹青也不避讳，明知道光闪闪的胸部像一座金山，她得意地故意把胸口拉得更低，让老猪脑管爆裂，丑态毕出。

这天的谈判宣告失败，朱狸有几次试图让老猪认真讲讲关于视频的事，但是老猪每次都走神，这事没法继续谈了，眼看已近凌晨，朱狸不想继续浸淫在情色的氛围中，于是起身告辞，让老猪和曹青互留电话，剩下的事就由他们单线联系，一方面是帮了老猪一个忙，免得被老猪用友谊来压迫，另外一方面，也算是帮曹青联系了一个出镜的活儿，如今曹青的志向是做明星，她珍视一切出头露面的机会。

老猪和曹青都显得有点恋恋不舍，朱狸以为他们俩甚至可能会单独直接去开房，不过曹青跟老猪飞完媚眼之后，竟然跟朱狸一起走了，朱狸有点意外。

路上，曹青不断哼着歌，还忍不住对着镜子自抛媚眼，朱狸叹口气，曹青拉着朱狸的手说："刚才你没看到那个死胖子，眼珠子都快掉出来了哈哈哈，男人就是这么没出息！"

朱狸说："我要是看不见我都成瞎子了。"

曹青说："我还以为是什么大人物呢，色狼啊，你怎么有这样的朋友。"

朱狸说："这个……他也不是时时刻刻都色狼状态的，只能说你勾起了他潜在的色狼本色。"

曹青说："没错，我就是钓鱼器，男人看到我，都会自觉地伸开嘴，咬住我的鱼钩，结果就是把自己的口腔咬破，鲜血直流。"

朱狸说："你这个比喻好血腥……太恶心了。"

曹青说："想吃掉我，没那么容易。"

朱狸说："那你好好把握这个机会吧，他现在要开辟新战场，需要当家花旦来撑着，你最合适不过了。"

曹青说："当然了，没问题，我一定会让所有的男人血脉贲张的！"

朱狸说："好吧，第二件事，你还要不要听？"

曹青说："当然！当然！朱80，你真是我的幸运草，带给我的全是好消息，太爱你了！"

朱狸说："是这样的，周末有一个千人相亲大会，你去不去？"

曹青说："什么？千人相亲大会？"

朱狸说:“是的，是由一个著名的婚恋机构组织的，千人相亲大会，挺隆重的。”

曹青看着朱狸，说:“我以为你死心塌地要嫁给那个冷淡的家伙，没想到你倒是为自己安排了不少后路哦!”

朱狸说:“我就知道你会误会。”

“误会?”

“是啊，不是我去相亲，是主办方邀请我去出席这个盛会，我想你可能对这种相亲大会感兴趣的，所以打算邀请你一起去。”

本以为曹青会高兴地跳起来，没想到曹青脸上浮起一层暗沉，然后说:“我不去。”

朱狸很吃惊:“你不去吗？场面盛大的相亲大会！全部都是单身男女，都是以结婚为目的的派对，你难道不想谈恋爱吗?”

曹青说:“谈恋爱我当然是想谈恋爱，但是相亲大会，太丢人了啊。”

朱狸说:“丢人？为什么?”

曹青说:“是啊，男男女女，头上贴着一块‘我没人要’的标签，自动跑去菜市场贱卖自己，我怎么能干这样的事情，我是要站在冰雪高峰上，做女神，让男人们都跑来仰慕我、跪拜我的。”

曹青顿了顿，说:“就像刚才老猪那样，我要保持神秘感，一出击，男人们就会流着鼻血、腆着脸跑来骚扰我，然后满足我一切愿望!”

朱狸说:“你真的不去?”

曹青坚定地说:“不去不去不去，坚决不去，我绝对不要走那种低档次的路线，我现在是个演员，演员，不能跟一大帮嫁不出去的女人混在一起，还要被男人挑选，太丢人了，传出去我还要不要活了!”

朱狸满头冒黑线，有点后悔自己多嘴这个提议。

虽然自己也不太喜欢相亲这种方式，倒真的没有跟“丢脸”联系在一起，只是觉得通过相亲方式有点目的性太明确，缺乏浪漫，而爱情最重要的就是浪漫。

同样是不喜欢相亲，朱狸的理由是不浪漫，曹青的理由是太丢人。

赞同的人则说法都差不多，相亲是一个不错的平台，提供给大家直观的选择，免得在情路上磕磕碰碰遇到一些存心不良的人白白遭受欺骗，当然，打着相亲幌子骗人的也不少，总之，什么都不安全，连食品都不安全，其他的……看运气吧。

单身才是酷毙的生活方式

乙回答："这个现象起源于我们男权社会对女性的歧视，远古时期，男人狩猎，女人看家，如今男人和女人同时走向了职场……"

千人相亲大会远比朱狸想的要壮观，光班车就来了十几辆，浩浩荡荡，轰轰烈烈，简直堪称壮观。

朱狸是跟着班车一起来的，班车上都是参加相亲大会的单身男女，朱狸大概留意了一下，男女参半，女的大部分都打扮得花枝招展，男人不太修边幅，看起来都有一定年纪了。

朱狸很低调地找了一个角落的位置，因为有点日晒的缘故，旁边没人坐，朱狸乐得清净。

相亲大会的地址有点远，是在郊区的一个美丽的风景区周围召开，从市中心出发，车程大概一个半小时，又正值中午，朱狸有点昏昏欲睡，车开动的时候，朱狸打算睡一觉。

还没睡着，一阵滴滴滴的声音出来，像是短信的声音。

滴滴滴完毕之后，朱狸刚要睡着，又传来了哇哇哇的声音，似乎是某个聊天软件发出来的声音，哇哇哇完毕后，又开始滴滴滴，接着又出现吼吼吼、哔哔哔、吱吱吱等各种怪声音，也并不奇怪，电子时代，人手一部神器，走到哪里都要保持联系，联系到吐也要保持联系。

但是奇怪的是，保持联系如此频频密切的同时，却有越来越多的人单身，剩下，被剩下，大喊孤独，受不了煎熬，于是更加疯狂地借助交友工具，却更加透支希望，最后变得吊儿郎当，随心所欲，完全处于爱无能的状态。

爱无能并不可怕，感知无能才是最可怕的事情。

一辆车上载满了相亲的单身男女，大家却都低着头，开着很大的音量，任凭手机吱哇乱叫，影响别人，丝毫没有感觉，反而一声一声地持续进行，像是挑衅，又像是挑逗，让朱狸简直烦躁到爆。

她很想高声喊一句，请大家把手机调到静音，不要影响周围人，但是她又缺乏这样的勇气，一来这属于公共场所，虽然有公众道德约束，但是手机关不关静音真的是个人的自由，而且，自己的身份又比较特殊，一会儿要在重要的嘉宾台出现，如果在路上就跟大家发生冲突，会让这件事显得很尴尬。

忍，好了。

忍。

吱吱吱，哔哔哔，气气气，咕咕咕，噜噜噜，哇哇哇……

就这样，一路受着极度骚扰，朱狸终于一点都没睡着，一肚子怨恨到了目的地。

负责接待的是一个姓张的女孩。

朱狸发现，大部分接待工作的人都姓张，而且以女性居多。

“张小姐”可以变成一个通用词汇，用于客气、礼貌的接应小姐们。

张小姐很热情地跟朱狸打招呼，朱狸脸色不太好，张小姐嘘寒问暖，朱狸也不太好意思抱怨，于是就这样被拉到了活动区的室内。

和朱狸一起来的几个嘉宾，脸上都挂着不愉快的神情，想必是在不同的班车上受到了相同骚扰。

张小姐带来一个记者，据说要就这一次千人盛会进行报道。

朱狸在内的几个人轮流接受采访。

记者问：“几位专家，你们对现在大龄剩男剩女现象怎么看？”

甲回答：“这是一个很严肃的社会问题，经济因素决定了这种怪异现象……”

乙回答：“这个现象起源于我们男权社会对女性的歧视，远古时期，男人狩猎，女人看家，如今男人和女人同时走向了职场……”

朱狸不知道该说什么，想了半天，说：“尊重个人选择吧，结婚未必是所有人的出路。”

朱狸说完这句话，甲乙丙专家包括周围的人都像看怪物一样看着朱狸，让朱狸浑身发毛，心里也战战兢兢，感觉自己愧对“专家”这个头衔名号。

参加活动的人真的很多，组织方表示大汗淋漓，朱狸接受完了访问之后也没什么事做，于是溜溜达达地四处玩，看男男女女们在伺机搭讪，也是有趣的事情。

张小姐在全场乱跑，看到朱狸，礼貌地打招呼后，随口问了一句:“你结婚了吗?”

朱狸不好意思地说:“没有……”

张小姐“嗯”了一下，说:“难怪……”

朱狸愣在原地，张小姐又去满场子乱跑了，朱狸认为这句话对她是一种否定和冒犯,“难怪”是什么意思?难怪她说出那么没水准的话?难怪她倡导单身也是一种生活方式?难怪她也是剩女一枚?

太不舒服了。

朱狸现在深深地感受到“剩女”所承受的压力和无奈。

朱狸真的认为结婚不是唯一的出路，如果衣食无忧，经济宽裕，朱狸甚至觉得单身是酷毙的生活方式，想想每天睡到自然醒，起床就去购物，逛街，大汗淋漓，喝杯咖啡，约三五个朋友聊天，这难道不是比挤破头去相亲，揪着一个人死命恋爱，挖空心思结婚更有意思的事情?

但是，我们不是脱俗动物，我们当然可以认定什么是酷毙的生活方式，可我们真的可以战胜庞大的周遭压力吗?

就连一个轻飘的眼神，一句来历不明的感叹，都让人难以承受。

又想起同学聚会时朱狸很害怕被归类到“嫁不出去”行列，而强硬强调的“其实我有结婚对象”这句话，这难道不是最好的证明，我们都没能力去选择其实更好的生活，因为我们太在乎舆论和压力，我们活着大部分时候是为了让别人不笑话，是为了让别人看得起，是为了让别人更踏实，舒心。

我们能为自己活着的时间和事情到底有多少?

朱狸这样想着，不禁难过起来。

这时候，一个看上去年纪很大的男人悄悄走到朱狸身边，谦虚地问:“小姐，请问你有空吗?”

朱狸还在感怀沉思，一时没反应过来，顺口就说:“有空。”

年纪大的男人露出很胆怯的笑容说:“我们可以互相认识一下吗? 这是我的会员牌，你的会员牌没戴吗?”

朱狸这才意识到，眼前这位男人已经错把自己当成是相亲对象了。

朱狸充满歉意地说:“对不起，我不是来相亲的。”

他有点失望却不死心:“那你是?”

朱狸说:“我……我是工作人员，抱歉啊。”

说完，朱狸立刻走了。

躲到另外一个人少的地方，正看到一个外形看上去不错的男人和一个穿露背装的女人在搭讪，男人看上去很能说，女人也很受用，一直在呵呵呵地笑，不像是敷衍。

好奇心让朱狸靠近了一些，她很想知道男人说了什么，让女人如此开心。

稍微靠近了一点，朱狸又怕被人识破，只好拿着手机，一边装作发信息，一边悄悄地靠近猎物，这时候听到男人说:“你平时都常回老家祭祖吗? 我们家特别注重祭祖风俗，可能因为我生在一个传统的军人家庭吧，从我太爷爷开始，我们的家庭传统就特别重……”

哎，原来是侃家史，估计这种话题会让女人认为到了“交心”的阶段，所以那么开心吧，朱狸正低头发着信息，忽然听不到女人笑声了，抬头一看，男人已经不知道哪里去了。

女人很失落地站在原地。

朱狸四周环视去找那个家史男，确实有点奇怪，刚才都讨论到这么亲密的话题，怎么会一转眼就不见了？

这时候，一个戴眼镜的小瘦子，瑟瑟缩缩地走到露背装女孩身边，似乎想打招呼，却没打。

朱狸感觉有好戏看，继续“发信息”。

露背女刚才被家史男给抛弃，有点失落，发现周围有个瑟缩男，似乎得到了一点安慰，主动说：“你好。”

瑟缩男得到了露背女的鼓励，高兴地笑起来，见牙不见眼地说“你好！”

露背女笑得有点牵强，却也充满友好的回应。

瑟缩男受到了美女的鼓励，一下子精神大振，连声音都强壮了一点，他说：“请问，你是一个人吗？”

露背女四处看了看，说：“……应该是吧！”

瑟缩男说：“哦。”

朱狸在旁边急得要命，瑟缩男的勇气却仅限于此。

也许是因为不远处的自己太碍眼？朱狸假装溜达地走远了一些，露背女和瑟缩男简单而又散乱地说了几句话，俩人向其他的方向走去。

朱狸也随便散步，到了另外一个人稍微多点的区域，刚一走进，就听到一个熟悉的声音说：“我们家族当年在蒙古也算是贵族，应该算是高级贵族，我们家的家风……”

抬头一看，果然是家史男又在拿着这一套跟其他的女孩套磁，也奇怪了，虽然他这一套如此拙劣轻浮，女孩们却都似乎很欣赏，不断地发出开心的笑声。

让朱狸很纳闷。

电话响，是卢迪。

卢迪正在开车，问朱狸："这么样？有收获吧？"

朱狸说："你一定特后悔没来吧？跟你说啊，漫山遍野的俊男美女，都穿着比基尼，风骚撩人，魅力无边。"

卢迪咳嗽了一下，说："原来你们是在召开性派对啊？"

朱狸说："没错，一会儿据说可以自由选择，主办方出钱开房。"

卢迪立刻说："地址在哪儿，我马上到。"

朱狸说："保密。"

说完，朱狸哈哈狂笑起来，卢迪说："看来真的出问题了，难得你会那么开心，你注意点啊，你已经是被预订的人了，就算出现比我更优秀的人，当然这几乎是不太可能的，你也不能叛变啊。"

朱狸说："确实很悲催，刚才有一个伯伯跟我搭讪，看来，我幸亏抓着年轻的尾巴把你给捞住了，否则我只能面向中老年市场去择偶了，真是伤感。"

卢迪说："也不排除有意外的年轻人喜欢中老年妇女的，这些事都保不齐。"

朱狸说："行了行了，别贫嘴了，挂了啊。"

朱狸挂了电话，一回头，却看到刚才那个瑟缩男伤感地站在一片空地上，显得很失落，而露背女已经跟其他的男人去调情搭讪了。

朱狸忍不住走了几步，过去对瑟缩男说："你还没找到喜欢的女孩吗?”

瑟缩男看了看朱狸，眼神里闪过一丝惊喜，随后又湮灭:“找到好几个，但是我不知道该怎么跟女孩搭讪。”

朱狸说:“喝点水，放松点。”

瑟缩男点点头，不好意思地说:“你一个人吗?”

朱狸说:“我是来参观的。”

瑟缩男说:“和女人相处，真是超难的课题，女人到底喜欢什么样的男人?”

朱狸说:“反正女人不喜欢说句话都会发抖的男人。”

瑟缩男沮丧地说:“其实我在家里都已经排练好了，我买了所有教人如何搭讪的书，还都做了重点笔记，记得很清楚了，而且我对着镜子已经可以做到问答自如了，但是，为什么一见到真人，所有的要点都不记得了……”

朱狸叹口气说:“你是什么学历?”

瑟缩男说:“硕士在读，我学的是生物工程科学，这也不算一个很冷门的专业，我对我的未来充满信心，我还在业余时间和几个同学做了一个公益网站，虽然很辛苦，却觉得很值得。”

朱狸说：“你刚才这段话讲给女孩听，我相信她们会有兴趣的。”

“刚才那段话?”瑟缩男愣了,“刚才我说什么了？对不起，我脑子一片混乱，我实在是觉得自己太失败了，太沮丧了。”

朱狸说:“我明白了，你现在是有点心理障碍，如果你暂时忘记你是在相亲，你反而能自如一些，你试着当今天是参加普通的同学聚会，你再试试。”

瑟缩男眼睛里泛出一丝惊喜:“同学聚会……”

“是的，同学聚会，看看你周围，都是你的女同学，然后，去跟她们聊天。”

瑟缩男沉思了一会儿，脸上挂满了笑意，连连对朱狸感谢，说：“我明白了，女同学，好的，我跟她们讨论学术问题去……”

朱狸几乎要晕倒，这时候电话又响了，估计是刚才的玩笑开得过火了，卢迪又打电话来查岗，结果一看，竟然是老猪。

朱狸很高兴地接起电话，刚要问他和曹青的合作怎么样了，就听到老猪霹雳巴拉地说了一大堆话，大概的意思说曹青怎么如此不靠谱简直太过分，跟她约好了时间录影，一切环节都安排好了，突然爽约，搞得老猪左右为难。

朱狸耐心地说：“到底怎么回事，你和曹青约好了时间，她突然莫名其妙地失踪？”

老猪说：“我也想知道怎么回事，我找了手下一个干活的跟她联系，我给她安排了一个绝好的角色和位置，还跟我一个合作伙伴，一个很牛逼的单位，说好了我要用一个肉弹试镜，结果大家都兴致勃勃地来观看录影，曹青小姐突然不来了！”

朱狸说：“真太过分了，你别生气，我现在打电话问问她到底怎么回事。”

老猪说：“你也别问了，我就是跟你说一下，毕竟是通过你认识的，这里面出了事你有权利知道，算我倒霉，沾了一鼻子灰，这事闹得简直……”

朱狸挂了电话，立刻打给曹青。

朱狸打电话过去直接质问，曹青还在懒洋洋地睡觉，听到朱狸的电话，若无其事地说：“哦，你说老猪的事啊，老猪那里不靠谱，还是不去啦。”

朱狸说：“到底发生什么事？”

曹青说:“没什么呀，你怎么知道我不去录影了?”

朱狸说:“老猪刚才打电话，劈头盖脸把我骂了一顿，好歹也是朋友关系，你就算不想去录制，提前说一声，这很难吗?”

曹青清醒了一点，说：“你说什么？老猪打电话骂你？怎么会，他都没骂我……”

朱狸气坏了，说：“拜托，你是我介绍给他的，你们俩也不熟，他当然不会直接骂你，但是他会骂我啊，这点道理你都不知道?”

曹青说:“哎呀，我真不知道会这样，对不起啊，我真不知道他这么阴险。”

朱狸说：“你们俩到底发生了什么事？能让我被骂得清楚点吗?”

曹青说:“其实没什么了不起的，老猪不是对我流口水吗，为了讨好我，他跟我说他换掉了现有的主持人，要我做主持人，不是嘉宾，是主持人，而且跟我说要我穿透视装出场，我都答应了，结果临录制前几个小时，突然改了主意，说主持人另外换人了，这不是涮我吗？我当然就不去录制了啊!”

朱狸说:“最开始也没说让你主持，而且你会主持吗?”

曹青说:“这有什么会不会的，都是按照台本走，背词就可以了，而且我是现场发挥派的，我只要稍微扫几眼台本，就能锦上添花，一定会弄得很精彩的!”

朱狸说:“你的意思是说，本来已经宣布你做主持人，后来临时取消?”

曹青说:“是呀！就是这么回事，这难道不是耍弄我玩吗？你说是不是，受害人是我呀，怎么他还有资格对着你大吼呢!”

朱狸沉住了气，又打给老猪，询问情况。

老猪说:“事情是这样的，一开始我是打算让她做嘉宾，后来曹青跟我撒娇说想做主持人，我想让她试试镜，做回主持人也可以，我当时就模棱两可答应，但是我的合作伙伴不干，因为主持人是他的表妹，他不同意我换人，你想我又不能得罪合伙人，曹青那边的话，我也派人跟她说了，主持人虽然不能做，但是嘉宾是没有问题的啊，而且跟她一起来做节目的其他几个嘉宾都是业界名人，只有她是个没名气的小艺人，艺人都算不上，没名气的路人，我见过无数大牌，真没见过这么不识相的女人。”

朱狸再次把老猪的话转问曹青，曹青委屈地说:“哼，就算是这样，他也应该为我争取利益啊，他不是喜欢我吗？不是对我垂涎三尺吗？难道我不值得他和合伙人决裂吗？难道他连这么一点权利都没有吗？”

朱狸真的崩溃了。

朱狸说:“你搞没搞错，你真的拿自己当褒姒，当妲己了，我是叫你去帮人忙的，不是找你去拆台的，本来也是说做嘉宾，人家主持人一直在做，又是老板的亲戚，怎么可能因为老猪对你有点色情幻想而直接让你取代她？你是真的天真还是装天真？我都不敢想象你是一个快 30 岁的成年人。”

曹青尖叫:“朱 80！谁快 30 岁了！我只有 23 岁好吗？”

朱狸忍不住揭穿：“上周你还号称 24 岁，怎么你越活越小了？”

曹青说:“你记错了记错了！我本来就是 23 岁，我是 89 年出生的，我属马的，小马子。”

朱狸说:“89 年是属蛇，90 年才属马，你连属相表都背不好，还学着隐瞒年龄骗人？”

曹青不说话了。

朱狸说:“这本是一个很好的机会，难得老猪愿意让你参加节目录制，而且这也是有节目费用的，一方面你可以出头露面，另一方面你还可以赚点零花钱，老猪的节目又是长期的，你还能混个脸熟，我真的不明白你为什么要搞糟这样一件事?”

曹青想了想说:“呀，你这么一说，我倒是真的觉得我不该不去录制。”

朱狸生气得要命:“你现在还没有进娱乐圈，就开始学大咖耍大牌?而且专门跟朋友介绍的关系耍大牌?你的脑子是不是有问题?”

曹青说:“你别骂我了，我知道错了，算了算了，我现在打电话给老猪，大不了我去录制就好了吗，你看你，一生气就骂我，我跟你说了好多遍了，生气会产生毒素的，会容易变老，容易变胖的……”

朱狸气得把电话挂掉了。

这时候又一个男人走了过来，问:“小姐，您是一个人吗?”

朱狸正好在火头上，生气地说:“不是，我孩子已经大学毕业了!”

说完，朱狸扭头就走，那个男的被朱狸喷得两眼发呆，开始怀疑人生。

屌丝经纪人

不但是生日，曹青说的话朱狸认为很少有真实不修饰的，所以跟曹青说话的时候，朱狸大部分时间都在走神，反正也不知道真假，不用浪费那么多感情。

连续好几天，曹青都打电话来哭哭啼啼说发现自己错了。

朱狸听到这样的话就觉得头晕目眩，有点后悔自己太三八，瞎张罗，惹得双方都出了问题，自己也被陷进其中，恼怒不能自拔。

曹青大概的意思是说，当时她有点晕了，大脑完全失控，根本不知道自己做了什么，后来经过朱狸的提醒，她想了想前后的关系，觉得自己蠢极了，她当时有点撒娇的意思，却没想到把这么好的一个机会白白错过。

曹青说："你别怪我了，朱80，我的经纪人都骂我没脑子了！"

朱狸吓一跳："你的经纪人？你什么时候有了经纪人？"

曹青高兴地说："有一段时间了，我还没来得及告诉你！"

朱狸说："我们俩几乎每天都联系！"

曹青说："我的经纪人是个大帅哥，以前还带过不少明星呢，看来我距离大明星之路只有一步之遥了！"

朱狸说:“那就恭喜你了。”

曹青说:“我的经纪人介绍我跟一个著名的男明星认识了，安赞，你知道他吗？家喻户晓啊，演喜剧的安赞!”

朱狸听说过安赞，但是不觉得他多么有名，乡土风格，靠卖傻走红，实在没什么值得骄傲的，不过对曹青来说，这确实是她踏进娱乐圈的一个重磅好消息。

曹青已经基本忘记了老猪的事，口口声声赞美她的经纪人。

然后曹青很轻松地说:“我经纪人说了，这件事必须要跟老猪道歉，这样吧，朱80，这件事交给你了，你约一下老猪，我摆一桌，算是请他吃饭赔罪。”

朱狸挂了电话，转达了曹青的意思，没想到老猪一口回绝。

朱狸不太明白老猪如此决绝的意图。

按说，就算是曹青不懂事，临场放鸽子，老猪也不至于会这么生气。

朱狸想，等过几天再说吧。

接下来，曹青就开始满嘴都是经纪人。

看起来她对这个经纪人特别满意。

每天，朱狸都从曹青嘴里得到经纪人的信息，比如说他多么神勇威武，帮她定了大包房的折扣，为她安排了一个硕大的生日宴会。

因为知道曹青经常拿生日当借口，其实朱狸也不太相信曹青所说的生日。

不但是生日，曹青说的话朱狸认为很少有真实不修饰的，所以跟曹青说话的时候，朱狸大部分时间都在走神，反正也不知道真假，不用浪费那么多感情。

桃一宣认为曹青这样的人，是纸老虎一派。

没错，朱狸和桃一宣，已经由暧昧关系转变到闺房姐妹了，朱狸有什么话都会跟他讨论一下，以前总是估计着对方心里的感受，很多话朱狸都选择不告诉桃一宣，但是自从桃一宣率先甩出“女性为何蹲马桶”话题之后，朱狸也就解放了思想，虽然这个解放的过程其实有点痛苦，但是一旦解放了之后，她甚至觉得豁然开朗了，没错，他们的关系定位看来最应该是闺蜜，男闺蜜，无所顾忌，不用有性别的厌烦，互补，贴心，亲密，用不着见面，分享一切。

桃一宣似乎对曹青很感兴趣，尤其是听到朱狸讲述曹青怎么把她给折磨崩溃时候的故事，他总是饶有兴致，朱狸有一次开玩笑说，要把曹青和桃一宣结合一下，桃一宣迅速拒绝，他说，第一，他是独身主义，不打算结婚，所以恋爱的话也大都是游戏兴致，别害了朱狸的朋友，第二，曹青跟他不是同类，她的张扬华丽跟他的低敛沉默完全是两极，根本不可能。

朱狸虽然当时也笑了笑，不过真的动了给曹青介绍的念头，但是想想又觉得很无聊，也就没再说出来。

曹青生日的轰趴搞得轰轰烈烈，沸沸腾腾，甚至连余弦都接到了生日派对的通知，余弦给朱狸打了个电话，问朱狸是否要去参加这个聚会，朱狸才意识到中间已经有好久和余弦失去联系了，又想起那次尴尬的闺蜜饭，有点伤感。

余弦似乎也没太放在心上，她现在满脑子都是她的网店，她说自己最近进了很多夯货，还说要送给朱狸几件试穿，等等，然后讲了好多网上销售的趣闻，说得天花乱坠，朱狸因为对这行没什么兴趣，所以听得也疲惫不堪。

后来余弦说，江太升最近很乖，做了网店之后，大部分的生意都是他在打理，甚得她心。

还是女王和宠物的故事。

没什么特别的。

朱狸翻箱倒柜，卢迪问:“你在找什么?”

朱狸说:“我要送曹青一件生日礼物，但是我不知道应该送什么。”

卢迪说:“出去买?”

朱狸说:“她什么都不缺，我想送她点特别的。”

卢迪点点头:“你就是书和DVD多，估计这些她都没见过。”

卢迪的话提醒了朱狸，她拿了一个梯子，爬到了书橱的最上层，找出了一套书，是几年前某个出版社送给她的限量版的“亦舒作品集”。

包装很精美，册册都很霸气，很适合作为礼物送人。

幸好自己不是师太迷，否则是不舍得把这么珍贵的礼物拿出去送人的，尤其是送给一个从来不看书的人。

最合适的，其实不是“书”本身，而是亦舒笔下全都是曹青的偶像，前辈们，那么多的喜宝，那么多的女屌丝，冷静，清醒，物质，现实，攀爬，玩弄，冷淡，凉薄……朱狸倒是希望曹青像看预言一样看到自己的现在和未来，早点结束那些所谓的捞金梦和明星梦，好好地回归当年那个淳朴的女人，胖一点也没关系，把人为营造的刻薄，聒噪的外衣扒掉，如果达到这样的功能，这套书也就有了更重要的意义。

卢迪开车送朱狸过去，朱狸在包房外等了一会儿，有一个男人打电话来，奶声奶气地说：“你是朱小姐吧，我是曹青的经纪人阿罗，我老听曹青说起你，今晚一定好好喝一杯啊！”

朱狸说：“我今晚还有其他的事，不能跟你们玩了，我把带给曹青的礼物放在前台，你们记得取一下。”

说完，朱狸把书放在了前台，并且写了贺卡，留了便条，跟卢迪离开了。

路上，朱狸接到曹青的电话，她说：“你怎么走了啊，阿罗说你走了，你怎么可以走啊，我现在在理发店里做头发，大概一个小时后就可以到了，你不要走啊，我的生日‘爬梯’搞得很隆重的，有大蛋糕，有香槟，有歌舞表演，还有一个人妖跳钢管，热闹得要死！”

朱狸说：“那我更不适合参加了，你好好玩，礼物我已经放在前台，记得去取，生日快乐。”

曹青说：“你真的不来吗，你不来我会很孤独的，你是我唯一的好姐妹，你在的话，我就充满了底气，我今晚真的希望你在——哎呀你这个死东西你把我头皮都烫烂了，蠢猪一样——哎，朱80，你说我的生日怎么能没有你——妈的听到了吗？猪头吗？让你别用夹板你还用！……”

朱狸挂了电话，和卢迪相视，两个人笑了笑，卢迪车开得很快，车里放着音乐，音乐是披头士的《let it be》。

这天晚上，难得朱狸早点睡觉，凌晨三点多，曹青来了电话，应该是喝多了，哭哭笑笑的，大概是说很多姐妹都不给面子都没到现场为她庆祝，她很没面子，又怪朱狸也不给面子，伤了她的心，还说自己约了一个男人，竟然也放了她鸽子，全世界都对不起她云云。

人一喝多了，就显得很脆弱。

后来话锋一转，说经纪人很够朋友，说他对她很照顾，忙里忙外，简直是自己的贴身小保镖什么的，朱狸说，有这样的经纪人也是你的福气，这些都是缘分，好好珍惜吧。

就在曹青把经纪人吹上天的时候，又出事了。

先是曹青连续几天控诉经纪人现在不务正业认识了一个白富美，现在每天都挖空心思逗白富美开心，宁愿花几千元吃一顿饭，花几万元买个表送白富美。

按说经纪人谈恋爱，跟曹青没有太大关系，但是曹青满腔怒火的样子让朱狸不太能理解，曹青的理由是她恨铁不成钢，看着经纪人不努力自己就恼火，但是朱狸听上去感觉她更像是在吃醋，无根无据，也不方便乱下结论，权且当她是恨铁不成钢吧。

曹青自从有了经纪人，似乎一夜之间突然积极奋发起来，给自己制订了一个奋斗表，她开始给自己设计形象，穿什么样的品牌，带什么样的首饰，拎什么牌子的包包，和安赞开始接触，让自己顺利打入娱乐圈，顺便把老猪这边的事摆平，希望还能和老猪有深层次的合作，据说老猪在翻脸之前还曾经许诺给曹青各种优待，比如说为她录制声优小说，还包括为她打造一个扑朔迷离的身份等，可惜男人被费洛蒙支配的智商有点靠不住，曹青以为老猪对她这样表情表白已经胜券在握，没想到离开了对她胸部的幻想，老猪比死还冷。

然后还是经纪人提议的，让曹青找专业的老师学形体，学唱歌，去参加舞蹈比赛，还可能会去录制唱片……总之，曹青听起来自信满满，目标也极其诱人，朱狸倒是挺为她高兴，遇到一个厉害的经纪人确实可以鞭策曹青加速成长进步。

看看周围的人，咪咪在孕育新生命，乌凉已经走遍了大半个地球，余弦热闹地开起网店来，连爆炸女王曹青都开始有了认真的人生规划，朱狸想想自己，这几年，生活仿佛静止了一般，认识卢迪，同居，写专栏，一写几年，虽然打算结婚，却丝毫没有动力，好不容易认识了一个聊得来，偶尔还会心动的桃一宣，却鬼使神差变成了闺蜜，这哭笑不得的生活，有着无法言说的悲凉，原来全世界大家都在争先恐后向前走，而她却原地踏步，这样的生活到底有什么意义？就这样下去，这样的生活也不会有太大的改变，结婚，结婚可以改变一切吗？

朱狸开始在网上看婚纱，看饰品，还翻到了余弦的网店，果然是余弦出手，网店搞得像模像样，一点都不像业余选手，而且花哨无比，款式也应有尽有的样子，以欧洲的牌子为多，价格却只是专卖店的几折而已，朱狸动了心，甚至打算选购几件支持余弦的生意。

这天朱狸正在跟几个同行吃饭，曹青打电话来煲粥，朱狸懒得在电话里说来说去，跟她说了地址，曹青拖拖拉拉，大概过了一个多小时才赶过来，过来的时候，大家都接近散场。朱狸很生气，她非常不喜欢迟到，迟到相当于不靠谱，等于懒散，散漫没规矩，不过曹青跟朱狸见面几乎每次都迟到，这已经挑战了朱狸的极限。

曹青也没多解释迟到的事，她像是爆竹一样霹雳巴拉地讲述着关于自己的新鲜事。

先是说她跟安赞的发展，也不过才几天没见面，她竟然跟安赞已经变成了情侣，当然，用曹青的话说，安赞见了她，就跟那天老猪的神态差不多，中年人看到年轻女人鲜活的肉体会从眼睛里流出谄液，像是众妖怪看到了唐僧肉，像是众旱苗看到了小溪水，像是众蚊子看到了血液库……总之，那种极限的饥渴会冲破一切障碍疯狂扑来，也难怪现在年轻女孩懂得用身体置换资源，又老又肿的中年人除了鲜活身体之外什么都有，而鲜活肉体是年轻人最不觉得应该珍惜的东西，于是，屡屡成交。

曹青讲完安赞对她的迷恋之后，又换了一种语气，对朱狸说："他已经答应我，在下一部戏里，他会让我演出一个角色。"

朱狸说："配角吗？"

曹青说："不是，客串的。"

朱狸说："你们都已经谈恋爱了，他怎么连一个正式角色都不给你。"

曹青说："你都不知道，现在抢着跟他上床的女人多得很，他的片子里所有的女人都跟他有过床上关系，一部戏就那么几个角色，怎么分得过来啊！"

朱狸说："这样……你也能接受？"

曹青说："有什么不能接受的，跟你说，这就叫做循序渐进，我先混进去，混个脸熟，下一部戏，我就想办法搞一个角色。"

朱狸有时候觉得曹青精明得要命，有时候又觉得她天真得可以，她特别想跟她讨论男女之道，但是看到曹青兴致勃勃的饱满热情，又不忍心打击她，竟然在心里是为她打抱不平的。

曹青接着说:“你说用什么办法让安赞的老婆死啊。”

朱狸吓一跳，看着曹青:“你说什么?”

曹青说:“安赞有一个老婆，生病很多年了，肥得像头猪，两个人表面挂名夫妻，其实早就没有夫妻生活了！你说她霸着安赞可气不可气，如果她死了，我不就可以上位了吗?”

朱狸差点没晕过去，她说:“你连个角色都排不上号，怎么有自信能撬掉人家老婆的?”

曹青说:“你没见他，他对我可迷恋了呀!”

朱狸说:“迷恋到连个角色都不给你，白白跟你上床后，拿个龙套角色敷衍你?”

曹青说:“但是他老婆要是死了，他又正好喜欢我，不就可以娶我了吗？要是娶了我，我还怕什么角色不角色的呀！女主角不就全都是我的了吗?”

朱狸说:“你真的是逻辑混乱，如果他能够娶你，他戏里的角色会随便你挑，你明白这个道理吗？不用等他老婆死掉把你扶正后。”

曹青说:“可是，我要不嫁给他，他会放心委我重任吗？他那么老了，又那么丑，不会担心我随时变心吗?”

朱狸说:“你死了这条心吧，即使他没有老婆，也不可能娶你的。”

曹青急了:“为什么，为什么嘛!”

朱狸说:“你用脚趾头想想也可以想清楚，他就是一个花花公子，四处猎艳，你正好是一个猎物，你们就是这样的关系。”

曹青说:“就是因为有一个老废物在家里呀，你都不知道，那个老废物得了乳腺癌，乳房都切除了，像个男人一样，谁还愿意碰她呀，该死，又不死，霸着安赞，让我看不到希望。”

朱狸听不下去了：“拜托，现在是你在抢别人的老公，怎么你不但不对那个可怜的女人内疚，反而狠狠地诅咒她？她哪里对不起你了？”

曹青说：“你还是不是我闺蜜了！你怎么帮那个恶心的老太婆说话！”

朱狸也怒了：“我没想到你这么恶毒，简直令人无法忍受！”

曹青看到朱狸生气了，缓和了一下，说：“哎呀，你怎么又生气了，我不是跟你说了吗？生气会长皱纹，生气会发胖，生气还会积攒毒素，你别生气了，你看我千里遥远跑来，就是想你了，你一见我就骂我，我都没计较……”

朱狸也平息了一下怒火，说：“这个话题以后我们不要再讨论了。”

曹青说：“好吧好吧，我会努力的！争取早点演女一号！对了，还有一个好消息忘了告诉你呢。”

“什么好消息？”

“我最近桃花泛滥，还认识了一个知名的大人物，他也可喜欢我了，说要包装我，要帮我定位，帮我炒作……我都作好了红的准备了，只是不要让我等太久哦……”

朱狸说：“好好把握住机会吧。”

曹青神秘地说：“我最近去请了泰国佛牌，听说很多女艺人都请的，很灵验！你也请一个吧。”

朱狸说：“我没有理想也没有追求，请这个有什么意义呢？”

曹青说：“可以招来很多桃花运的！”

朱狸起身要离开：“算了吧，我乐得清静。”

曹青跟着站起来说：“你呀，总是一副苦大仇深的样子，这怎么行呢!”

曹青的电话狂响，曹青接起电话，听了一会儿，狂骂:“你平时请白富美吃饭，一顿饭都要几千，现在你问我借钱，你拿我当什么了？人肉提款机还是移动 ATM？告诉你，借钱，门都没有！另外告诉你，就你这种身份，白富美不过是拿你当猴子玩，你还以为你挤破头装高帅富，就会打动那个小狐狸？告诉你，别做梦了，你就是一个连吃拉面都要算计一下的穷屌丝！打肿脸充胖子的穷屌丝!”

说完，曹青恨恨地挂了电话，朱狸满头黑线。

曹青说:“看到了吗？这个死屌丝，装阔去讨好白富美，现在把家产挥霍光了，竟然跑来找我借钱，疯了吗我？我要出钱供应他泡马子?”

朱狸说:“他只是借，没有说让你给……”

“什么借？他作为经纪人，为我做过什么事？动不动就借钱，这种败类，还算男人吗?”

朱狸说:“如果他真的是急需用钱呢？如果不是为了白富美?”

曹青说:“那我也不可能借给他，一个男人，为女人花钱是天经地义，问女人要钱就是十恶不赦，是骗子！是混蛋!”

朱狸在这种状况下，突然想笑，觉得曹青看待别人的感情倒是一针见血，对于自己的处境却浑然不知，是不是所有的人都会犯这样的错误，包括自己?

恋爱中的朱丽叶

旋转在爱情中的曹青越发像蝴蝶，据说一天要转至少3个场地，也就是至少跟每个恋爱对象约会一次，然后借口工作忙，一方面躲开追查，另一方面，给人留下努力工作勤恳奋斗的良好印象。

曹青彻底开始谈恋爱了。

曹青的恋爱对象很对。

安赞是一个，知名大人物是一个，另外还认识了一个导演。

旋转在爱情中的曹青越发像蝴蝶，据说一天要转至少3个场地，也就是至少跟每个恋爱对象约会一次，然后借口工作忙，一方面躲开追查，另一方面，给人留下努力工作勤恳奋斗的良好印象。

曹青开始像个定时的小闹钟一样，每次约会完毕都要向朱狸打电话汇报，朱狸的作息时间被曹青严重搅乱。

以前朱狸的生活是优哉游哉，夜晚工作一会儿，白天基本是睡觉，外出散散步，看看电影，听听音乐，偶尔和朋友见见面，聊聊天，现在的朱狸已经完全没有时间，她必须时刻保持警备状态，因为如果她接不到曹青的电话，曹青就会一刻不停地打给她，连续打十几遍，二十几遍，甚至更多，还会发信息问她为什么不接电话，十万火急，等等，搞得朱狸变成电话强迫症，过一会儿就要看看有没有未接电话，而且曹青又是一个随心所欲的人，虽然她固定会打电话给朱狸却并没有把时间给固定下来，所以她随时随地打，朱狸就必须随时随地地接，而且曹青又很迷恋电话表达，有时候一通电话可以说上至少半个小时，还有甚者，一次通电话通了一个半小时，讲完电话，朱狸几乎累得一句话都不想多说。

卢迪很不明白地问:“你为什么要这样?”

朱狸眼皮都没抬:“哪有?”

卢迪说:“完全被曹青给控制。”

朱狸说:“哪里有什么控制，她喜欢讲电话而已。”

卢迪说：“你现在的生活已经完全被她控制了，你没有发觉吗?”

怎么没发觉，只是不愿意承认而已，朱狸又烦躁又无奈，也懒得再分析和解释，把眼睛闭上，想多睡一会儿。

电话又响了。

朱狸和卢迪面对面吃饭，朱狸也没什么精神，卢迪难得下一次厨，大汗淋漓，鸡鸭鱼肉集合，却没讨得朱狸半点欢心，也有点沮丧。

朱狸说:“曹青说，安赞答应给她下一部里新角色了。”

卢迪说:“哦。”

朱狸说:“那个大人物，说要打造曹青的，很奇怪，每次跟曹青一起吃饭，都不许她点菜，你说这是为什么?”

卢迪说:“不知道。”

朱狸说:“可能曹青老是像个吸血蝙蝠一样，把大人物给吓怕了。”

卢迪说:“哦。”

朱狸又说:“你怎么了，好像没精打采的。”

卢迪说:“我不觉得这些事和我有什么关系。”

朱狸说:“就讨论一下啊，其实也挺好玩的。”

卢迪说：“我不希望你被她控制之后，也拉着我一起被她控制。”

朱狸说:“你说得太离谱了，什么控制不控制的，就是朋友而已，你也有很多朋友啊，你不是也经常和他们喝酒，聊天……”

卢迪说:“好吧，那你说说你的朋友，有什么好玩的事情?”

朱狸想了想说:“曹青最近运气真的不错，遇到好几个喜欢她的人，又似乎都能够在事业上帮助她，挺为她高兴。”

卢迪说:“没戏，哪一个的下场，她都是朱丽叶。”

朱狸说:“为什么?”

卢迪说:“不为什么，直觉。”

朱狸说:“你别那么刻薄，我看也许她遇到了贵人，没准哪天真的成功了。”

“希望吧。”卢迪耐着心听完朱狸的话，起身要出门，朱狸问:“你去哪儿?”

卢迪说:“找朋友。”

桃一宣在线，朱狸跟他打了招呼，桃一宣说自己有一个好哥们失恋了，心情不太好，问朱狸能不能帮他介绍个女朋友。

朱狸说:“我现在就只有曹青一个女友，恐怕不太合适吧。”

桃一宣说:“曹青样子妖艳，又喜欢耍嗲，没准真的合适呢。”

朱狸说:“但是曹青目前交往着好几个男友……”

桃一宣说:“多多益善，可以刺激一下他的征服欲。”

朱狸觉得不可思议:“这是你哥们吗？怎么听着像仇人？”

桃一宣笑了:“男人都是喜欢刺激的动物。”

朱狸说:“好，那我要问问曹青是否有意向。”

正聊着，曹青来了电话，娇声嗲气地说:“亲爱的，你说今天发生了什么怪事情？”

朱狸说:“你每天都发生怪事情，我不知道什么还能算怪了。”

曹青嘻嘻笑起来，她说:“今天我发现了一个重大的新闻！”

朱狸说:“我也有一个重大的新闻要告诉你。”

“那你先说。”

朱狸说:“还是你先说吧。”

曹青说:“我今天发现，那个大人物还是想跟我上床。”

朱狸差点晕倒:“这就是你发现的——怪事情？”

曹青说:“是啊，你不觉得他很奇怪吗？他长得很难看的，秃胖圆矮，但是很严肃，和你一样，要我看书，不许我迟到，动不动就会骂我。”

朱狸说:“你这样一说，我倒觉得他还真的是对你不错的。”

曹青说:“你们都太严格啦，都把我吓坏了。”

朱狸说:“我确实要严肃地提醒你，如果你不希望给别人留下不靠谱的印象，你最好不要总是迟到，当然，如果男女关系，另当别论了，男人就喜欢有点不靠谱的女人，但是换了其他的关系，朋友也好，同事也好，客户也好，如果你总是迟到，就是不尊重人和本人没有原则的表现，很难让人产生信任感。”

曹青说:“知道啦，我知道啦！你别再骂我了，你没发现我现在特别听你的话吗？我拿你当我的亲姐姐，我知道你心地善良，所以你的话再凶再难听，我都会听的，只有你是为我好的!”

朱狸招架不住:“行了行了，别给我灌蜜汤，我跟你说一件认真的事。”

“什么事?”

朱狸说:“你……现在是在恋爱中吗?”

曹青说:“当然了，我现在每天都在锻炼演技，跟每个男人说我爱你，我想你，说得可溜了，都可以去演出莎士比亚舞台剧了，女主角哦!”

朱狸想起卢迪说的朱丽叶，忍不住笑起来。

曹青说:“你有什么好消息啊，快点告诉我。”

朱狸说:“我也不知道该怎么说，我有个朋友，托我介绍女友给他，我现在也没有其他女友，不过你现在又是在繁忙恋爱中……”

曹青尖叫:“是什么人呀？帅吗？有钱吗？是什么职业的？可以帮我吗?”

朱狸说:“你的意思?”

曹青说:“多多益善啊，看来我最近请的佛牌灵验了，桃花运好多啊，真的，来者不拒，但是要打探清楚他的职业，收入，财产，我可不跟穷屌丝浪费时间哦!”

朱狸说:“那好吧，如果你觉得没问题，我问问其他的情况。”

挂了电话，朱狸又去联系桃一宣，桃一宣似乎很激动地在等待朱狸的消息。

朱狸大概问了一下对方的收入，桃一宣说:“剑桥的双学位硕士，学法律的，现在开了一个律师事务所。”

朱狸把原话传达给了曹青，曹青激动地都快要跳起来了，连忙问朱狸要联系方式，朱狸倒是有点担心，不断地跟桃一宣强调曹青的状况，桃一宣也确实显得一点都不在意，把律师的电话给了朱狸，朱狸跟曹青叮嘱了半天，说让她不要玩弄律师的感情，毕竟也算是朋友介绍，曹青满口答应，就欢天喜地地挂了电话。

朱狸坐在电脑前，看着荒芜的桌面，意识到自己不知不觉还做了一桩媒，觉得一切都那么好笑。

超级变态减肥法集合

这些形形色色的减肥方法听得朱狸心脏疼，身体真的那么难控制吗？食欲真的是罪恶的吗？为什么上帝赐给我们人类赏识美味的味蕾，却又赐给我们一吃就胖的身体？这到底是享受还是折磨？

没过几天，曹青就给朱狸发来各种好消息，比如说，大人物已经答应给她找造型师，找化妆师，找综艺节目制片人，来帮助她开拓综艺节目的路线，曹青自己也很努力，据说开始尝试呕吐减肥法，她还绘声绘色给朱狸介绍经验，吃饱饭之后，找一个僻静无人的角落，身体弯曲，用手指抠嗓子眼，一开始不熟练，可能要麻烦一点，但是一旦掌握了技巧，呕吐会变得很方便。

朱狸听着这种惨无人道的减肥方法，忍不住说："干脆不吃不就完了吗？"

曹青说："不吃怎么行，我现在每天的约会都排得满满的，不吃饭那不是太可惜了吗？"

"但是你吃下去之后，再吐出来，不觉得浪费吗？"

曹青说："那我不管啊，我要为我的身材着想，如果我不吐出来，没几天我就会变成大胖子——大胖子你知道吗！所有的衣服都穿不进去，所有的男人都会懒得多看你一眼，失去爱情，收获嘲笑，简直是可怕至极!”

朱狸说:“控制一下饮食，适当活动一下，没有那么夸张的!”

曹青说:“我曾经做过胖子，我太知道胖子是怎么回事了!”

朱狸说:“你当初到底是怎么减下来的?”

曹青说:“我跟你说吧，我当初是用了各种办法，差点死掉!”

朱狸说:“什么办法?”

曹青说:“吃减肥药，拉稀拉得人快脱水，去医院挂水，好几天都爬不起来，后来又改吃另外一种药，结果肠胃被严重毁坏，有一段时间狂掉了体重，但是身体也坏了。”

朱狸说:“你何必这样?”

曹青说:“我不是跟你讲过我外婆的故事吗？我不能向命运低头，不能走过去的路，我靠着自己，可以过得很精彩的!”

朱狸说:“其实你现在已经很正常，很标准了，不要再折磨自己了。”

曹青说：“我是易胖体质，如果稍微不控制，很快就会胖回去，而且我现在身上的肉有点松，我要多多运动，把皮肤收紧……哎，我马上就要红了，我要为这件事作好一切的准备呀!”

朱狸说:“好吧，其实你本身真的是一个励志故事。”

曹青说:“是的，有一天我要写一本书，就教给胖子减肥，让他们告别肥肉，找到自信——一定会大卖吧?”

朱狸说:“我干脆介绍你在杂志上开个减肥专栏好了。”

曹青说:“可以啊，我有很多减肥的怪招的，我还听说有一种蛔虫减肥法，特别管用，可是我一直没有勇气尝试。”

朱狸听了这话，浑身起了鸡皮疙瘩。

曹青说:“我还认识一个姐妹，为了保持身材，每天只喝水，不吃东西。”

朱狸说：“那不是很快就会饿死了吗？”

曹青说：“如果实在扛不住，就喝几口牛奶，不会死人的，我们身体里储藏了无数的脂肪……根本不会死。”

朱狸拍拍脑袋，实在是一个她无法理解的世界。

不过“减肥”确实是女性最关注的话题和几乎要维持一生的事业。

关于减肥的话题，其实朱狸和其他人也讨论过。

有一个人说最管用的办法就是牺牲晚餐法，早餐、午餐可以疯狂地进食，一到下午4点过后，一口不再吃，据说这样坚持一个月至少可以瘦个三五斤。

不过这样的减肥法，对于减肥迫切的女人来说，实在是见效太慢。

还有一个人跟朱狸分享过减肥的心得，那就是酸奶绿茶减肥法，据说这种方法最受主持人、演员们的喜欢，酸奶加绿茶，听上去就蛮可口的，吃完之后会加速脂肪的代谢，促进消化，帮助减肥，不过这个人说这个方法要看人品，有些人半个月就可以减5斤，但是有些人半年也减不了一斤。

朱狸还听说过一种减肥的方法是快走减肥法，吃完饭之后立刻暴走两个小时，不是普通的走，是要走出一身大汗的那种快速疾步走，这个是要长期保持，不用节食也不用特别其他的注意，只要每天坚持暴走，体重自然会减下来。

这些形形色色的减肥方法听得朱狸心脏疼，身体真的那么难控制吗？食欲真的是罪恶的吗？为什么上帝赐给我们人类赏识美味的味蕾，却又赐给我们一吃就胖的身体？这到底是享受还是折磨？

朱狸百无聊赖，搜索了一下关于曹青极力推荐的呕吐减肥法，看到了如下恐怖的讯息——

呕吐减肥是很危险的减肥法，它对人身体的损伤很严重。因为呕吐时，胃酸会伤到食道、喉咙和牙齿，让人感到不舒服，更会导致皮肤粗糙。而且在抠喉咙时，如果指甲过长或抠得比较用力，还会损伤嗓子。反复的呕吐会引起反流性食道炎，轻的可以引起食道水肿，重的会引起食道溃疡，甚至呕吐物长时间腐蚀食道，会增加患食道癌的几率。有时呕吐的动作过大还会引起贲门撕裂症、消化道大出血。

催吐减肥法是根据“吃了等于没吃”的原理推想出来的。因为减肥而长期不进食，最明显的后果就是营养不良、血压降低，出现精神不振，精力不足。如果养成吃完就抠喉咙吐的习惯，很可能会导致贪食症、厌食症，伤身又伤心。

日本的影星宫泽里惠就是用这个方法快速瘦身，结果得了厌食症，经过多年的治疗才痊愈。也有女性采用吸烟减肥的方法，在饭前或空腹时抽一根烟，令胃部感到不适，从而没有胃口吃饭。

催吐法还会使你产生“想吃就吃，反正还会吐出来”的想法，这样易使你暴饮暴食，从而把胃撑大，也不利于减肥。

具体危害有：

1. 脸部变形

要知道，不论暴食之后是否催吐，由于暴食过程中的咀嚼和舌头运动，还有唾液的不断分泌，都会造成脸部肌肉发达，唾液腺畸形变大，脸形会不可挽回地毁掉！就算抽去身上长出来的脂肪，人也会像个大头娃娃一样畸形难看。

2. 消化系统紊乱

长期暴食的人并不像别人想象的，有“海量”的铁胃，这一点暴食者本人应该最清楚。其实人的身体吸收能力有限，吃进多少并不一定都吸收。如果一个人有非常健康强壮的消化道，胃肠蠕动旺盛有活力，排泄顺畅，多余的热量和食物会很快排出，稍微运动一下，过剩的热量就会消耗掉了。这就是有的人非常能吃却不怎么胖的重要原因。他们健康。然而暴食是消化系统健康的杀手，可能造成肠胃运动缓慢，便秘，食物在体内滞留时间一长，热量就会成倍地被吸收，各种问题就都来了。

3. 催吐猝死

以为我是吓唬你，想想看，吐的时候是不是感觉头很涨，耳朵里面嗡嗡地轰鸣？那是因为颅压上升，血液涌入头部，血管猛烈扩张造成的。你的每一次呕吐，都是去摸摸阎王的鼻子，真的，非专业人士不清楚这样有多危险。

4. 神经衰弱甚至精神问题

暴食的人一般都会很恨自己，生活在矛盾和挣扎之中，压抑造成暴食，暴食又造成新的沮丧，这样恶性循环下去，长期进行自我否定的心理暗示，严重者可能精神崩溃，彻底错乱。

5. 食道贲门失迟缓

即使改掉了暴食的我，还是有这个后遗症，不过正在好转中，症状是吃过后不抠喉咙也会自动反胃，食物会被吐出来。这是因为食道贲门曾经被过度刺激，失去了弹性，贲门就像胃的盖子，盖子坏了胃收缩消化时，当然会把食物挤出来，想忍住不吐都难。这给社交和生活带来很多不方便，更影响形象和自尊心。

一字不落看完所有的字，朱狸吓得魂飞魄散，立刻把原文转发给了曹青，并发信息让曹青赶快看，警告曹青不要再盲目地伤害自己。

曹青没有回话，朱狸还不放心，连续发了好几条信息，叮嘱曹青一定要看。

试探真心的游戏

曹青说："你振作一点，你每天都感觉情绪低落的样子，这样很容易把运气拖累坏的，学学我，每天都情绪饱满，热情洋溢，所以我桃花泛滥，男人都被我迷得神魂颠倒，哪个敢不帮我，唧唧！"

"我给你发的邮件，你到底看了没有？"朱狸第一句话就着急地问曹青。

曹青似乎根本没在意什么邮件不邮件，她满脸愁容，对朱狸说："朱80，我又出事了！"

"什么事？"

曹青说："昨天晚上房东突然打电话给我，要涨房租。"

朱狸奇怪地说："怎么回事？晚上突然打电话给你？"

曹青说："是的，我都已经睡觉了，房东打电话说要涨房租，涨1500块，如果我不同意，让我马上搬走。"

朱狸说："这也太离谱了，你们难道没有签合同吗？怎么能随便就涨房租？"

曹青说："怎么办啊，我该怎么办啊？"

朱狸说："你打算怎么办？"

曹青说:“如果继续涨房租，我交不起了啊，我来北京半年，基本没接到什么工作，置装费倒是花了不少，而且每天出门打车，少说也要一两百块，这样下去，我负担不了啊。”

朱狸说:“你干脆还是找人合租吧，一个人负担房租，确实有点太贵了。”

“你还让我跟人合租啊，你忘了我当初差点被人给害了呀！我可不要跟人合租了，现在我和以前不一样了，现在我是名人，我要保持我的隐私权，我现在走在路上都会被人认出来，万一跟人合租，把我的私生活卖给小报记者，我该怎么办?”

朱狸说:“曹青，现在没有人认识你。”

曹青说:“怎么会，我经常遇到粉丝的，网上也有很多，你都不知道吧！我现在已经是百分之百的名人了!”

朱狸无奈地说:“好吧，名人，现在你打算怎么办?”

曹青眼珠子一转，说:“我要做一个游戏。”

“什么游戏?”

“试探真心的游戏。”

朱狸正狐疑，曹青已经开始打电话。

曹青的第一个电话。

“安赞，亲爱的，我好想你，你在干吗？……嗯嗯，我吃饭的时候在想你，睡觉的时候也想你，做梦还梦到你陪我去逛卡地亚，给我买了一个巨大的钻石呢！嘻嘻，嗯，好的，嗯……有一件事，我不知道该不该跟你说啊，我的房东，突然要赶我走，不知道什么原因，大概是更年期到了，我该怎么办啊，北京这么大我也不认识什么人，现在突然要赶我走，我到哪里去住啊，安赞，你一定要帮助我，没有你，我都不知道该怎么办才好!”

曹青说得声情并茂，眼圈都红了，搞得朱狸也跟着眼睛湿润了起来，想到一个孤立无援的女孩被恶霸房东欺负的故事，令人无法不动容……

曹青接着说:“我知道你很忙，我都不好意思打扰你，如果我有一点办法都不会跟你说的，嗯嗯，我知道，好的，好的，我会等你的电话的，亲爱的，我一想到你，想起你，我心里就充满了力量，我等你的电话，我爱你，拜……”

挂了电话，曹青对朱狸说:“他说现在正忙，让我等消息，你说他会不会帮我?”

朱狸说:“我甚至不知道他是谁。”

“安赞啊，安赞，那个演员，我跟你说过的，老婆得了病还霸占他的。”

“我知道，我的意思是说，我没接触过他，不了解他的为人——不过刚才你那个电话讲的蛮感人的，相信安赞已经被你打动了。”

“你别太天真了，我承认我的演技一流，不过安赞也是个老狐狸，心里七上八下的。不行，我不能把希望寄托在他自己身上。”

第二个电话，打给答应包装推广她的大人物。

曹青说:“喂? 同总，是我呀，青青……嗯，我知道你听得出来，我故意逗你的，你在忙什么? 开会? 哦，那我打扰你一下下，不会生气吧——也没什么大事，对了，刚才我还梦到了你，梦到你带我去 Gucci 买了一双闪闪发亮的漆皮长靴……哈哈哈，我知道是做梦啊，同总，我们认识这么久，你还没送过我什么礼物呢，你好小气哦，哦，对了，正事，对，正事，昨天晚上我的房东说他有急事要收房子，而且我也想过了，你不是说要打造我吗？我作为一个未来红星，不可能老住在五环郊外，我想趁这个机会换套房子，你觉得怎么样？”

朱狸在搅着咖啡杯里的咖啡，一边听曹青打电话。

曹青说：“什么？你说真的？哇，同总，我好爱你啊！”

曹青挂了电话，眼神充满了兴奋地对朱狸说：“同建国这次表态了，他说这件事包在他身上！”

“这不是一件好事吗？”

“但是你知道同建国是个多么吝啬的人吗？他怎么会突然变得大方，一口答应我，说这件事包在他身上呢？”

“也许他之前是试探你，而你已经通过了他的试探呢。”

曹青高兴得不得了：“朱80，还是你聪明，你说得太对了，我说同建国那么一个大人物，怎么会对我那么抠门，那么小气，原来是在试探我，嘿，难道真的像你说的那样，我已经通过了他的试探了？哇，那我从现在起要开始选房子了！你说，哪个地段的房子不错，你说，我通过了试探以后，他会不会干脆甩手大方地送给我一套房子算了啊！呀，我怎么没想到呢！”

朱狸说：“我只是随便说说，你别当真，和安赞一样，同建国我也没见过，不能随便发表意见。”

“但是你说得很对啊，你看人很准的，预感也不错，他一直对我很严苛，很小气的，我一直没搞明白这是为什么，你真的是一语点醒梦中人哦！”

朱狸说：“刚才安赞说过一会儿要帮你，如果这两个人都要帮你，你打算怎么办？”

曹青说：“这还不好办吗？让他们都给我钱，我自己去找房子啊。”

朱狸说:“他们那么好应付?万一他们要亲自去给你租,或者说要亲眼看到你租,你怎么办?”

曹青说:“房子还怕多吗?租多少都可以,要是租得多的话,我拿一间开工作室,一间住,工作室,你跟我一起干,我们合作工作室!我接活,你写,我们一起创造财富!”

朱狸说:“你饶了我吧。”

曹青说:“我们一定要闯出一片未来!”

朱狸说:“等会儿,你别老是我们我们的,我跟你不一样,我不想闯出什么未来,也不想出人头地,我现在就想安安稳稳,享受岁月静好。”

曹青说:“你看,你又放弃自己了,你干吗跟钱过不去,跟名声过不去啊!”

朱狸说:“每个人的理想和追求不一样,我也没要求你安稳过日子,你干吗非要拉着我出人头地呢?”

曹青说:“我可是为你好啊!”

朱狸说:“你放过我吧!”

曹青说:“我是绝对希望朋友好的那种人,我不想就顾着自己出名,不管朋友,我要带着你一起出名,对了,我忘了跟你说一件大事,下周起,我就要进组了!”

朱狸说:“进什么组?”

曹青说:“我不是最近认识了一个导演吗?那个导演很喜欢我,已经为我安排了一个角色!”

朱狸很吃惊:“咦,这倒真的是一件好事,这么快就可以给你角色了?”

曹青说:“是的!下周就进组,在郊区拍摄。”

“给你什么样的角色?”

曹青说:“是一个脱衣舞娘。”

朱狸头冒黑线:“……哦，还是挺惹眼的角色。”

“是的，导演是看中了我的潜质，让我在电影一开场，就跳一段艳舞，跳完之后，男主角想非礼我，结果一下子晕倒在夜总会，这个故事就开始了……”

“什么？你的意思是，你就是出场跳一个舞的脱衣舞娘?”

“对啊，一出场就是我!”

“等会儿，我还没明白，你跳完舞，男主角昏倒了，这个故事就开始了，然后你呢?”

“我就退场了啊，我激发了男主角的兴奋，结果兴奋过头，就出事了，然后故事是从他出事开始的，我是个重要的人物呀!”

朱狸说:“曹青，你还是个龙套。”

曹青扯着嗓子说:“这不是龙套啊，这是一个贯穿故事灵魂的线索人物!”

朱狸说:“这是导演跟你说的吧?”

“对啊，这个角色要是演好了，会很出位的！我一定会火的!”

“……好吧，那祝你成功。”

曹青说:“你振作一点，你每天都感觉情绪低落的样子，这样很容易把运气拖累坏的，学学我，每天都情绪饱满，热情洋溢，所以我桃花泛滥，男人都被我迷得神魂颠倒，哪个敢不帮我，唧唧!”

朱狸说:“我不需要男人帮助，如果我的人生要靠男人们去帮忙，那我真的觉得自己太失败了，这是我不允许自己发生的状况，我说了很多次，我们不一样，你不要总是拿你这一套来给我洗脑，好吗?”

曹青说:“好吧，好吧，反正你是我这个世界上唯一信任的人，是我在北京唯一的好朋友，好姐妹，大闺蜜，我是有什么好事都会第一个先告诉你，想着你的，你接受不接受是一回事，反正我是这么干的，而且我把你的电话号码都给我妈了，我跟她说，万一在北京我有任何问题，都让她联系你!”

朱狸说:“你最好好好的，不要出任何问题。”

曹青说:“当然了!”

两个人告别的时候，曹青说:“对了，还有一个重要的事没跟你汇报——你介绍给我的大律师，我跟他已经联系上了。”

朱狸说:“嗯? 怎么样?”

曹青说:“见面了，人长得还算周正，稍微有点显老，我感觉他有40岁了吧!”

朱狸说:“我没见过，是桃一宣的哥们儿，你别玩人家，要是觉得好就处一下，不好就算了。”

曹青说:“我看大叔都看习惯了，安赞都满脸皱纹了，同建国也不年轻了，肚子像一个大土豆，还有以前认识的几个老头，你还记得吗? 我都几乎没印象了，你说我怎么这么可怜，总是吸引老年人，怎么没有年轻的帅哥给我补补啊，我要练玉女心经，要拿年轻男人来补补身体，否则元气都被老头子们给吸走了，我都感觉最近我的脸色没那么红润了!”

朱狸由衷地说:“你真的不应该拿你年轻的身体浸淫在这些猥琐大叔的世界里。”

曹青说:“只有猥琐大叔才能帮我实现理想啊! 年轻小伙子当然人见人爱，可是有什么用呢? 爱来爱去，爱一场，恨一场，什么都没得到，白白浪费了时间！”

朱狸说：“也许吧，每个人想法都不一样，我试着理解你。”

朱狸的新专栏，这一次讨论到底要找一个帮自己完成理想的猥琐大叔值得，还是找一个唇红齿白浪漫风趣的年轻男人谈一场恋爱值得，洋洋洒洒几千字，最后也没有答案，还是那句话：每个人想法不一样，没有对错，只有值不值得。

真相大白的沙龙聚会

朱狸感觉浑身的毛发都竖起来，说真的，虽然和曹青莫名其妙变成朋友，虽然和曹青几乎每天都联系，通话也好，见面也好，频繁到了不可思议的程度，整天都被曹青给搅乱着，可是，要说起对曹青的了解，朱狸发现自己一无所知。

朱狸一直很牵挂着曹青这一次的“试探真心游戏”的结果。

按照曹青的乐观，两个男人争相为她服务，租两套价格高昂、交通便利的城内房，一个安心居住，一个作为工作室，这样想想还是挺美好的。

这天朱狸应邀参加一个文艺沙龙酒会，见到了很多平常很少见到的朋友。

大家围在一起寒暄一番，有一个画家突然问：“朱狸，我听说你最近跟曹青混在一起？”

朱狸愣了一下，旁边几个人也用异常吊诡的神情看着朱狸。

朱狸说：“嗯，关系还可以，你们怎么认识她？”

画家说：“谁不认识，大名鼎鼎的曹青啊，你不知道她是干嘛的吗？”

朱狸有点茫然，旁边一个编剧说：“交际花啊，很有名的，专门混艺术圈子，小三专业户，人人喊打。”

朱狸感觉浑身的毛发都竖起来，说真的，虽然和曹青莫名其妙变成朋友，虽然和曹青几乎每天都联系，通话也好，见面也好，频繁到了不可思议的程度，整天都被曹青给搅乱着，可是，要说起对曹青的了解，朱狸发现自己一无所知。

这时候，有一个杂志主编说：“朱狸啊，我也很好奇你怎么会跟这种人在一起的，印象里你们完全不是一类人，我当初听说的时候还很吃惊呢，原来是真的。”

朱狸说：“曹青……我们偶然机会认识的，然后联系比较密切。”

画家说：“这种人你要离她远远的，会坏了你的名声的。”

还有一个不知道什么身份的人说：“曹青，是个神人啊，她当初结过婚，还有过孩子的。”

朱狸尖叫：“不可能！”

那个人说：“怎么不可能，我跟她在很多年前同事过，当时她还是一个胖子，皮肤也很黑，跟现在简直判若两人，肯定是整容了，而且现在老是秀自己的胸部，绝对是隆胸了。”

朱狸说：“你是不是认错人了，曹青……她单身的，我和她关系还不错，她肯定没有结婚。”

“百分之百的，不信你可以问她是不是认识我，我叫小岳，以前跟她在一个公司，不一个部门，当初我还给她凑过份子钱呢，她那时候个性特别拘谨，特别内敛，跟大家接触也不多，真没想到现在摇身一变，成了现在的她，我没记错的话，她也是30岁了。”

朱狸简直觉得自己的世界被今番这次对话给颠覆了，结婚？孩子？内敛？30？

小岳说：“后来有一次在电视节目里看到她出来，说话扭捏作态，眼神也异常风骚，简直无法跟当年那个人联系在一起，但是你要相信我，此曹青绝对是彼曹青。她老公我们都见过，个子不高，胖胖的，人很老实木讷，这一对夫妻给人的印象是差不多的，属于敦厚淳朴型，真的无法相信曹青会摇身一变，从朴实女人变成狐狸精！”

朱狸半信半疑：“你跟她，是上海的同事？”

小岳说：“是的，我两年前调到北京分部来工作，我跟你说的话绝对是真实可靠的。”

这一场聚会真的给朱狸带来了不可思议的心理效应，她怎么也没办法相信曹青竟然结过婚，有过孩子，那么，婚姻何在，孩子又去了哪里？她现在完全是以全新的姿态出现，单身的，毫无牵挂的，青春的姿态，骤然的瘦身，离开她的家乡，在北京创造传奇……这件事由荒诞变得有点惊悚，尤其是年龄，从第一次曹青看到朱狸身份证的出生年月起，朱狸就没有了名字，在曹青的嘴里，朱狸变成了永远的朱80，80年成为她的标记，而小岳告诉朱狸，曹青也不过是82年出生的30岁人的时候，朱狸开始相信“年纪越大的女人越会强调自己年轻”的说法。

虽然被曹青笑过老，其实她也确实没觉得自己和曹青之间存在什么明显的年龄差异，虽然现在曹青永远是小一号衣服勒出性感胸部，浓妆艳抹遮盖住真实的面目，夸张的言论和举止扮演着不合时宜的幼稚，但是骨子里，沟通上，其实没太大的障碍，原来如此……

这次聚会上还见到了余弦。

余弦和以前已经截然不同，网店老板娘的身份有点尴尬，她在致力于推销自己的店铺生意，而且口口声声都在抱怨人手不够，或者说即使人手够了，能力也太差劲，各种投诉要处理，各种打包要亲自监督，各种发货要统计，各种沟通还要亲力亲为，这大半年，余弦瘦了好多，原来就很精瘦的面庞上多了一些精明之态，她实在是太热爱她的生意，看起来，她已经把网店当成了她生命中的一切。

和余弦寒暄了一下，也就无话可说，余弦慷慨激昂地讲述着她网店的事情，朱狸有点困倦，打算早点告辞，这次沙龙聚会上听来的真相令她有点难以消化，她需要一点点时间去接受和理解，然后再跟现实中的各种状况接轨。

余弦正好也要走，和朱狸一起走出门口，打了个哈欠，说："这些聚会简直无聊透了！"

朱狸说："是啊。"

余弦说："整天就是八卦，隐私，一点正事都没有，以后这样的聚会我看都能躲就躲了，我现在太忙，一天掰成 48 小时，都还是觉得不富裕。"

朱狸说："偶然出来散散心，也不错，主要是见见各路朋友，平时大家也都在忙，没有时间见面。"

余弦说："跟大部分人见面都是浪费生命的，就像刚才，我看了一下时间，聚会已经两个小时，除了听到一堆过期八卦，你还得到了什么好玩的讯息？"

朱狸叹口气说："我今天真的收获不小。"

余弦还是一如既往自说自话的习惯："这两个小时，我可以卖掉多少件衣服？再加上路上来回的时间，三四个小时就这样过去了，真心心疼。”

朱狸说：“你现在完全变成女强人了。”

余弦说：“以前不是吗？只不过以前是为别人拼命，毫无价值，现在是为自己拼命，死了都值得。”

朱狸说：“你和江太升怎么样？”

余弦说：“还是那样，在征服和被征服之间来回徘徊，在各种妥协之后制订家庭规矩，大部分对我有利，江太升还很年轻，他心野，我必须要有效地打压他的傲慢，让他乖乖收心过日子，现在的生意忙，也不错，把他大部分的精力和时间都占据了，他想孔雀开屏也缺少机会。”

朱狸说：“恭喜，看起来你的婚姻被你掌握在手中，胜券在握。”

余弦说：“必须的，女人一定要掌握主动权，要看清楚局势，不断制定目标，不断鞭策，提醒，打压，鼓励，才能让婚姻稳定，让关系和谐。”

朱狸笑了，婚姻在高智商和高度关注自我的余弦那里已经变成合同化管理，不知道这样的婚姻是否真的有意义，至少朱狸心中，婚姻还是略带浪漫的，搞得这样步步为营，就算勉强维持幸福，有什么意义？

余弦说：“你打算什么时候结婚？”

朱狸说：“应该是在年底吧，现在只是有了结婚的意向，具体事宜还没有谈。”

余弦说：“你别整天悠悠晃晃的，卢迪人不错，条件好，也有物质基础，又年轻，如果你错过他，再找一个跟他差不多价值的男人，简直是做梦了。”

朱狸说：“有缘分会在一起的，没缘分，强求也没必要。”

余弦说:“你知道现在女人都像猛虎一样的姿态盯着优秀男士，你还笃信缘分说，来个20岁的无知美少女一把给你抢走，你这些年就白培养白浪费了。”

朱狸说:“我真不觉得婚姻有什么重要的。”

余弦说:“你现在被曹青给带坏了，曹青那种花花公主，是拿身体交换未来，很虚妄的，你不一样，你是落地型，你需要卢迪这样的人和你在一起，如果你失去卢迪，你会失去一切。”

朱狸也不想再争辩，她悲哀地发现，和任何人在一起，她都要争辩，争辩让她很疲惫，而且争辩根本没有任何结果。

余弦说:“差点忘了一个大事，咪咪生了。”

朱狸说:“咪咪生了？儿子吗?”

余弦说:“我是听别人说的，说咪咪生了，女儿，9斤多，一个肥硕的大闺女。”

知道咪咪没实现自己“一定要生儿子”的梦想，朱狸突然心情大好，当街哈哈哈哈大笑起来。

余弦说:“你笑什么?”

“没什么。”

“不可能啊，你肯定有问题，到底笑什么？快告诉我。”

“真的没什么……”朱狸掩饰住有点阴暗的心理，但是又忍不住想起咪咪的各种虚伪，各种拿捏，各种造作，完不成理想后一定会崩溃吧？这样一想，又愉快起来。

这并不是说朱狸心目中存有“男孩好”“女孩不好”的意识，而是说“一定生个男孩”是咪咪的毕生野心，她总是喜欢用所谓的表面的繁华来武装内心的空洞和虚无，而且长久的压抑令她心理阴暗，这样的人实现不了愿望，朱狸由衷觉得开心，做人太精明，只有老天有能力收拾她，抱怨不得。

余弦最后对生男生女的问题作了一个学术性的总结，她说，根据繁殖学来看，一般男性死忠于家庭的，容易生男孩，因为忠诚会产生强大的繁衍基因，而那些飘忽不定的男性，或者有多个伴侣的男性，对繁衍问题并不担心，而且他的精力分散给众多的伴侣，瓜分到妻子这边，只是很小一部分，因此容易生女孩。

朱狸也没有研究过类似的学说，不过她坚定地相信，一个人如果不善良，是不可能得到她想要的一切的。

咪咪就是铁证。那么好强好胜的女人，却在子女性别问题上无能为力。以前开玩笑时候总说自己长了婆婆脸，这下只能做丈母娘盘算了。

知道真相后的好几天，朱狸都在彷徨状态中。

她不知道是否应该就真相跟曹青对峙一下。

对峙一下会产生如下后果：(1) 曹青矢口否认，认为沙龙聚会上的八卦都是胡说八道；(2) 曹青惭愧地承认，当下大哭一场，再诉说一场隐瞒的前史。

其实这两个结果朱狸都不想得到。

只是好奇而已。

而且好奇期一旦过去，又觉得不算太好奇了，就算她结婚生子已经30，靠整容减肥上位刷新新人生，也没什么大不了的，这是她的私事，和自己没有任何关系，甚至和她们的友谊没有任何的关系，有一些真相讲出来杀伤力巨大，不如不说了。

正好遇到乌凉上线，跟乌凉说了一下咪咪的事，又提了一下曹青的事，乌凉显然对咪咪的事兴趣不大，说到曹青的真相，乌凉觉得也无所谓，每个人都有隐私，不是什么大不了的，朱狸想了想，自己也确实有一些不愿意让别人知道的事，想想也就真的释然了。

乌凉现在在一个荒凉的小岛上练瑜伽，早上面对大海晚上面对夕阳，每天和自然亲密接触，竟然对男女关系一点兴趣都没有，用她的话说，男人和女人，都要打开狭隘的心胸，忘记自身的渺小和贪欲，和壮阔的自然拥抱，接地气，吐故纳新，天人合一……

对于乌凉的境界和状态，朱狸只能用望洋兴叹一词，说不上好和坏，也不羡慕，更不会反感，总之是一种知道自己不可能达到的状态，也不想去追寻的境界，不过听到自己的朋友可以有这样的领悟，也是一件值得开心的事。

就在一切很正常的时候，卢迪突然出现问题了。

没有一棵树是安稳的

如果这件事不是发生在自己身上，如果这只是一封专栏读者的求助信，一个伤感的女人问如果未婚夫突然后悔婚约，该怎么办，朱狸该怎么回答。

事情是这样的，这一周卢迪要去外地出差，和以前一样，正常的出差，朱狸也很习惯于没有卢迪在的生活，不过卢迪在上飞机那一刻，突然给朱狸发了一条信息，大意是说，他经过这段时间的考虑，认为结婚的事情有点不太成熟，希望他们再作一次认真的考虑，最后再作决定。

收到这条信息的时候，朱狸正在收拾屋子，最近她“主妇”上身，非常愿意把打扫卫生当做休息和锻炼，而且一点也不觉得烦闷，看着被自己整理得干干净净的家，朱狸分外开心。

当时短信来的时候，朱狸很自信地认为，这是卢迪惯常的汇报短信。

卢迪是个很有秩序的人，一般都会把自己的行程如实汇报给朱狸，到了机场，上飞机了，马上起飞，降落了，到了酒店，开始开会了，晚餐了……总之朱狸对卢迪从来没有担忧过。

从认识到恋爱到谈婚论嫁，大抵都是如此。

所以，这条信息来得有点突然，朱狸手足无措。

她看着这条信息，沉默了好久，把手机扔到桌上。

顿时，心虚烦乱起来。

到底怎么回事，着急结婚，威逼利诱，一直焦虑不堪的，不是她吗？

费尽心机，苦口婆心劝自己想开点，接受结婚恳求的，不是她吗？

这件事确实有点蹊跷了。

如果这件事不是发生在自己身上，如果这只是一封专栏读者的求助信，一个伤感的女人问如果未婚夫突然后悔婚约，该怎么办，朱狸该怎么回答。

想必朱狸会认真分析，得出结论，对方变心了吧。

但是怎么可能？

她首先排除了这个可能性，卢迪跟她认识这么多年，她还是挺了解他的，他对感情的需求很简单，简单到遇到一个人，喜欢她，就愿意和她结婚——这样淳朴的恋爱观在当下已经不太多见了，当初朱狸也觉得很奇怪，她没觉得自己有任何吸引卢迪的地方，但是他就是被吸引了，莫名其妙，走了狗屎运，而且这种吸引是持续的，坚定的，毫无动摇的，即使在她百无聊赖、心不在焉的状态下，这种感情也给了她坚定的力量，而且，她甚至觉得这种力量永远不会消失。

而现在，这种力量不存在了？

到底是为什么？

需要打个电话去质问一下吗？

不不不，这太丢脸，而且也太不合情理。

在朱狸和卢迪的关系里，朱狸一直是被动状态，也是享受状态。

一切都被卢迪安排好了，住所，生活中所有便利，她享受着他的感情，享受着他的房子，享受着他的水电煤气电话费，享受着虽然没有正式领证却类似夫妻关系的稳定生活，这几年，她之所以没有动力结婚也差不多是因为一切都太完满，她没有恐惧感，也没有控制欲，所以改变的想法并不多。

可是为什么，也没有先兆，也没有警告的，突然会变成这样？

朱狸开始在脑海里来回搜索可能的原因——除了变心，还有什么可能性，让一个稳定的男人突然想改变？

这段时间，朱狸很确定他们之间没有什么特别的问题出现，除了上几次卢迪抱怨他们的生活被曹青搅乱之外，其他确实没有什么特别的状况，难道是因为曹青？

这理由也太可笑了，难道因为一个完全不相干的外人，会竟然影响到他们人生中如此重大的婚姻决定？

不可理解。

急需倾诉。

跟谁?

如果是跟乌凉，乌凉会劝朱狸不要整天纠缠男女之事，要多多放开思路，去和自然亲近，忘记爱恨情仇，专心地修炼自己……

如果是跟余弦说，余弦一定会自顾自讲述自己跟江太升的婚恋之道，大概意思就是和男人相处必须要立规矩，人生就是一场交易，对她来说，得到，失去，都必须掌握在手，她肯定又会批评朱狸从来都是散漫不在意，现在一出状况就完全失控……

如果跟咪咪倾诉，咪咪一定会假意安慰，充满优越感地编造一些恩爱的情节故意来刺伤本已伤感的朱狸，她习惯这么做，而且她还会趾高气扬地看朱狸的笑话，然后再复制，夸大，给周围所有认识的人听……

其他的朋友，不太熟悉的，听到这样的变动，估计都会大惊，劝慰，然后若无其事。

大千世界，芸芸众生，能够倾吐心事的人，能有几个?

曹青?

对，曹青。

至少还有曹青。

虽然也不指望她能给自己指点出什么谜团，也不可能从她那里得到什么有用的帮助，但是至少在一票人中她倒是唯一能完全无负担说几句的人。

朱狸打电话给曹青。

曹青接了电话，声音不太一样:“喂?”

倒是听出来了一点点冷淡，不知道是否因为自己敏感。

朱狸说："你在干吗?"

"哦，我有点事，你有事找我吗?"

看来不是敏感，曹青忽然变得冷淡无比，朱狸觉得很不可思议，这是怎么了，一夜之间，全世界都变样了?

"没事了。"朱狸把电话挂掉。

过了一会儿，来了一条信息，是曹青发来的，信息上说："对不起啊，我现在正在跟导演谈角色，不方便说话，过一会儿打给你。"

和导演谈角色，谈得这样入戏?

还是在导演面前故意做冷淡状，显得自己很有人气?

曹青什么事都干得出来。

朱狸满腔怒火无处发泄，这一下又戳痛了自己。

罢了罢了，随便吧!

朱狸烦躁得要命，一方面对于卢迪的一反常态表示反感，另一方面又对曹青的虚伪造作表示反感——他们怎么同时一反常态?难道他们背着自己暗度陈仓?

不可能，生活不是舞台剧，生活也不是狗血韩剧，更不可能是惊悚大片，别胡思乱想了。

过了一会儿，曹青果然打电话过来了，对着朱狸就大哭起来。

朱狸吓一跳："你怎么了?"

曹青说:“我被骗了!”

“怎么回事?”朱狸一紧张，把自己的事情都忘了。

曹青说:“这个导演不是人，他骗我!”

“到底发生什么事，你不是都已经进组了吗?”

“是啊，我刚才就是在跟导演说这件事——你知道多么离谱吗?这个导演，他明明已经答应了给我那个跳艳舞的角色，我跟你说过，那个很出彩的角色，你还记得吗?他都答应我了，我也进组去报道了，在化妆间的时候，有个副导演突然说让我跳一段西班牙斗牛舞看看，当时只说跳探戈，没有人跟我说要跳什么西班牙斗牛舞啊!我就跟他说跳什么舞都没关系的，反正也有舞蹈指导，随便排练一下不就可以了吗?可是他就发飙了，说我什么都不会，当场换角了!”

朱狸被曹青超大嗓门的电话声音给震得头皮都疼，她说:“你跟导演说了吗?”

“我跟导演说了啊，导演说去问问怎么回事。”

“别问了。”

“为什么?!”

“副导演，有随便换角的权利吗?”

“你的意思是?”

“曹青，你真的要变得聪明一点，这种事，摆明了就是导演想换你，副导演只不过演了一场戏，故意刁难你一下，顺理成章把你给替换了。”

曹青听了这话，哭的声音更大了:“那我该怎么办?”

“你又遇到骗子了。”

“不可能啊，这导演对我很不错啊，我刚才跟他说，他说他不知道，一定会帮我查清楚状况，再给我安排其他角色的。”

朱狸忍不住说:“曹青，你是真的天真还是装的？我最开始就说你这个角色就是一个龙套，导演骗你，说这个角色多么重要，多么出彩，都是哄你玩的，现在你进组，他连龙套都不想给你了，又不好意思直接拒绝你，自己不出面做坏人，派了一个枪手去敷衍你，然后假装安慰，把你一脚踢走。”

曹青说:“根本就不是，朱80，你太武断了，如果是你说的那样，他干脆一开始就不要给我角色啊，为什么他答应给我角色呢?”

“因为你太难缠而已，还有一个可能性就是，为了跟你上床。”

说完这些话，朱狸也意识到自己有点太过分，但是话已经说出来了，就没法收回去。

曹青说:“你的意思是说我就是一个废物，是一个笨蛋，是一个一无是处的人，对吗?”

朱狸说:“我没有这么说，你没有错，错的是这些男人，这些人都是社会上的败类，利用自己的身份、地位和权利，四处骗女人，你是被骗的，曹青，你清醒点吧。”

曹青在电话里哭得乱七八糟，朱狸心情也很差，她说:“你现在在哪里，我请你吃宵夜吧。”

曹青说:“我在回家的路上，我万念俱灰，都想买飞机票回上海去了!”

朱狸说:“见面再说吧。”

一个小时后，朱狸和曹青在一个常去的安静的酒吧见面，一见面，朱狸以为曹青要抱头大哭，没想到曹青神采奕奕，穿着很暴露的衣服，完全不像是一个被人替换了角色的沮丧演员。

不过朱狸心情却好不起来，烦躁到了极点，已经好几个小时，卢迪也早就到了目的地，没有电话，没有短信，没有通知也没有询问，完全变态了，就算他发了一个那样的信息让大家彼此冷静重新思考一下婚姻的定义，也不至于突然之间消失无踪，完全不管不顾了？

真的无法适应，习惯了一种相处模式，突然变化，万箭穿心，想打电话过去抗议，又无法放下尊严、面子，终于只能自己难受，煎熬。

曹青说："朱80，我想好了，我不能退缩，就算这件事像你说的那样，是导演设计陷害我，那我也不能饶了他。"

"你打算怎么办？"

"他不是说他去找副导演处理吗？他不是说他还给我安排新的角色吗？好啊我就要看看，他给我一个什么答案！"

朱狸说："你又何必这样呢？作践自己。"

曹青说："难道我白白让他给玩了吗？"

朱狸说："回头是岸，你不要再做明星梦了，安安稳稳过日子吧！"

曹青说："我才不要安安稳稳过日子，我活着一辈子难道就是为了安安稳稳过日子？我受够了安稳的日子，这不是我要的东西！我要出名，我要赚钱，我要不惜一些代价！"

朱狸说："你不是还有安赞和同建国吗？"

曹青不说话了。

朱狸说："他们在你困难的时候，还能帮帮你，也算是不错了。”

曹青还是没说话。

朱狸问:“房子的事情搞定了吗?”

曹青说:“不着急，安赞还没给我消息，同建国这边呢，我看他好不容易松口说要给我搞定房子，我趁机问他要一辆车，有房子有车子，我就不愁了。”

朱狸说:“同建国要帮你租房子，你顺便又要一辆车?”

曹青说:“同建国说我可以选一辆车，我今天已经去奔驰店里去看了，我选了一辆50万左右的，不要给他压力太大，我在北京要搞一辆车啊，没有车，出门打车太不方便，我住的地方又那么偏僻，好难打车，我得有一辆车，开着才有面子。”

朱狸说:“你觉得这件事现实吗?”

曹青说:“怎么会不现实啊，我很多姐妹，男人都给她们买房买车买珠宝啊，我也要劝劝你，你说你跟那个卢迪在一起图什么呀，他也没多少钱，又没给你买什么贵的东西，你白白跟他在一起，图什么?”

朱狸很反感地说:“我是在谈恋爱，跟你不一样。”

曹青说:“怎么不一样啊，谈恋爱就要拿出点诚意来啊，你看，你说你们要结婚，也不见你们结婚的动静，没准也是借口，拖着你而已啊，你看你今年都30多岁了，不像我，还有大把青春可以挥霍，还可以有很多精力跟这些臭男人消磨……”

朱狸差点冲口而出，我只比你大两岁而已，忍住了。

而且，这样一来，卢迪的事情倒不能跟曹青谈论了。

心里却真的太烦乱，怎么办?

朱狸沉默了一会儿，说:“今天收到读者来信，有一个人说跟自己的未婚妻相处得一直很好，有一天突然对方变了，态度变了，他不知道这是怎么回事。”

曹青说：“大笨蛋，这还不知道怎么回事，劈腿了啊。”

朱狸说：“没有劈腿，就是突然态度变了，除了劈腿，还有其他的可能吗？”

“百分之百劈腿，当然不能直接说劈腿啊，每个人都不愿意承认自己劈腿的，但是一旦变心，百分之百就是劈腿。”

朱狸陷入难受中。

“没有其他可能了，相信我吧！”

“这世界上并不只有一种状况的，曹青，比如说，厌倦了，也可能会变化，再比如说，价值观不投机，时间久了也可能会变化，更有可能，比如说一方得病了或者一方犯罪了，也会变化，当然，劈腿是最正常的状况。”

曹青说：“不同意你的说法，要是厌倦了，价值观不投机，得病了或者犯罪了，只要没有其他的异性吸引，还是会老老实实待在这个伴侣身边过日子的呀，谁会没事变着玩，对自己有什么好处呢？”

“你活着全都为了好处！”

“要不然活着为什么？”

朱狸语塞，虽然她不同意曹青的说法，但是她也确实回答不出来这样刁钻的问题。

凌晨回家，推开门，冷冷清清，手机一直在随时看，安安静静的，连一条天气播报都没来，全世界都说好了似的，让朱狸在煎熬中快要崩溃了。

是不是到了该离开的时候？

今天之前，她离天堂只有一步，今天之后，她只能独自走向地狱。

一个害怕变化的人，一个骨子里散漫的人，一个依赖习惯性生活的人，现在必须要面临强制性的变革，那种内心的恐惧，朱狸第一次遇到。

朱狸满腔委屈，开始收拾东西。

尽管万般不情愿，但是必须这样做。

卢迪虽然没有开口说：分手吧。但是就在结婚的当口，忽然提出“再考虑考虑”，难道弦外之意不是：还是算了吧？

还是算了吧。

估计卢迪也想清楚了，他以前也流露过类似的观点，之所以一直想结婚是因为朱狸一直不同意结婚，也就是说，其实他也未必是真的那么死心塌地，而是一种不甘不愿的情绪作祟，认为自己条件不错，人品也凑合，朱狸也不是天仙下凡，为什么会竟然对他说“不”。

真的有点悲哀，结婚的理由竟然不是双方真爱，而是一方不甘心，另一方习惯性依赖，这是正常的状况吗？

作为一个写尽世间男女纠葛的专栏作家，自己的情感世界一塌糊涂，在市侩和散漫之间左右徘徊，在斤斤计较和无所谓之间茫然无措，但是这一切，到了该结束的时候了。

朱狸收拾东西，发现自己跟这间房子已经完全融合。

每收拾一个物件，都像是从心里剜一块肉一样艰难，收拾了一会儿，朱狸竟然大哭起来。

不过是两个陌生人，因为莫名其妙的原因走在了一起，相濡以沫，如胶似漆——当然，朱狸和卢迪其实还没到那个境界，用并肩而行更贴切一切吧，也这样浑浑噩噩过了好几年，现在要分手，也没那么恐怖，就是大家退回到原来的位置，当做从来没认识过对方，把这几年的时光变成照片，镶嵌在回忆的相框中，偶尔回味一下，也就罢了，至于肝肠寸断吗？

朱狸真的体会到了心如刀割的感觉，以前总是在专栏里教导女性要独立，要勇敢面对情变，当真到了自己身上，如何独立？如何勇敢面对情变？变化——这世界上最恐怖的事情，变化意味着全方位的挪移，情感的挪移，物品的挪移，精神形态的挪移……简而言之，不这样了。

朱狸满怀伤感地溜达到卢迪的卧室。

当初同居但不同屋是她自己的主意，她一心想要独立的空间，希望两个人都能有独立的空间，互相不打扰，不要太亲昵，保持距离，细水长流，现在她站在卢迪的卧室，同一间屋子的两个世界，她一下子觉得完全的陌生，这装饰，这物件，为什么都那么陌生？闹钟，拖鞋，烟灰缸，衬衣，腰带，拖鞋，电脑……

朱狸慢慢走到电脑前，打开了电脑，心里燃烧起一个魔鬼。

是认识了什么网友，还是在工作中认识了一见钟情的人？

就算认识了一见钟情的人，也一定会在网络中有联系的吧？QQ，MSN，还是直接微信，陌陌，米聊？甚至其他的联络工具，她后知后觉，不相信他劈腿，又没有其他理由说服自己这突然的变化的由来，她对他实在是太放心了，放心到她从来没有检查过他的手机，他的电脑，连他的密码都不知道。

朱狸试了好几个密码，都提示密码错误，据说情侣间猜不出密码的几率其实很小，因为设置密码一般跟个人信息息息相关，比如说生日，比如说喜欢的数字，或者纪念日，等等，只要你对对方比较了解，猜出密码不是一件难事，可是，她猜不出。

这周专栏她一定要写写“你能不能猜出恋人的密码”，这是一个多么有讽刺意味的标题，身为情感专家的她，猜不出来，身为读者的大部分却可以猜得出来，太黑色了。

没有一棵树是安稳的。

早点决定吧。

带上了行李箱，朱狸出门，一推门，一阵风吹过来，眼泪先掉了下来，这漆黑的夜里，她能到哪里去？

拿起电话，犹豫了半天，还是打给了曹青。

雾蒙蒙的，我们的人生

现在风水轮流转，朱狸落魄了，想到了曹青，打电话给曹青，曹青倒是很豁然开朗地让朱狸暂住在她家里，这件事让朱狸悔恨不已，羞愧难当，自己种下了恶种子，现在以羞愧的果实来让自己难受。

几个月前，曹青遭遇恐怖的同居伙伴，恳求朱狸收留她的时候，朱狸冷酷地说了“不”。

现在风水轮流转，朱狸落魄了，想到了曹青，打电话给曹青，曹青倒是很豁然开朗地让朱狸暂住在她家里，这件事让朱狸悔恨不已，羞愧难当，自己种下了恶种子，现在以羞愧的果实来让自己难受。

曹青的家里还是那样，像一个被强盗翻过的犯罪现场。

各种衣服，各种鞋子，各种包包，各种化妆品，琳琅满目。

曹青捏着一只鞋子，正在找与之相配的另外一只鞋子，一边找一边说：“没办法了，每天都要参加不同的场合，每天都要见不同的人，搭配衣服都是一项大工程！”

朱狸很难受地坐在墙角，说："谢谢。"

曹青说："谢谢什么呀？我也是暂时收留你，你过几天和好了就回去吧！"

朱狸说："这次恐怕不是吵架的问题了。"

曹青说："出了什么大问题？"

朱狸说："有可能会分手。"

曹青说："分手就分手吧，反正那个小子也没什么前途，我从一开始就不看好他，没有爱心的人是不能托付终身的。"

朱狸说："你还在恨他当初没帮你。"

曹青说："看一个人，要从小事看起，对人好呢，也不是装出来的，所以说，对外人不好，对谁都不会好的，你离开他是对的。"

朱狸说："我们俩倒不是因为这些事。"

曹青说："不管什么事，分手好了，你看，你现在事业也在上升期，一结婚，全部都完蛋了，跟我一起闯荡世界吧！你收拾收拾，打扮打扮，减减肥，化化妆，还是不错的，不要放弃自己哦！"

朱狸说："你又来了。"

曹青说："我跟你说，我现在在等安赞给我回电话，他刚才说他要联系我，但是至今还没联系我，你说他会不会骗我？"

朱狸说："骗你的话，还不如当初不答应你。"

曹青说："哼，这些男人，嘴上说得都很好，真正能为我办事的，少之又少，我算是看透了。"

朱狸说："如果他骗你，你会怎么办？"

曹青说："骗我的话，我把我们俩的事抖给他老婆。"

朱狸说："恐怕早已经习惯了，不以为然了。"

曹青说:“那我就找一个做网络营销的，把我们俩的事情炒作一番，我一分得不到的话，他也别想好过!”

朱狸叹口气，这时候，曹青的电话响了，曹青看了来电显示，对朱狸说:“安赞。”

朱狸说:“看，说曹操，曹操到了。”

曹青说着，拿着电话到阳台上去接，朱狸坐在那里，闲得没事，帮曹青简单收拾了一下屋子，收拾的时候，又感到很难受很伤感，这真的不是卢迪的风格，他不喜欢把问题搞得很复杂，在他看来，一切都要用积极的姿态去面对，上飞机前作出了奇怪的决定，然后再也不问进展，把一切的问题抛给朱狸去面对，到底是什么意思呢?

罢了，分手。

原来分手的决定就是这样一层一层被滋养着而坚定的，一开始她接到这条信息的时候，根本没有和“分手”联系在一起，后来经过左思右想，经过卢迪的冷处理，经过各种考虑,“分手”突然浮现出来，离家出走，现在,“分手”已经成了这件事的必然结局了。

分手后，朱狸要面对的问题确实很多，首先就是要找一座房子，她总不能厚着脸皮，抱着行李回到父母家，面对关系冷淡的父母，说跟男友感情不和分手，这几年说完就完，重新来过?

简直无法想象。

32 岁，已经不是可以随便作决定的年纪了。

又不是 22 岁。

青春真好，可以胡闹，折腾，疯狂，发神经，谁都不会计较，什么都会被原谅。

而一旦过了30岁，所有的一切都必须要合乎规则，合乎规矩，结婚了吗？生子了吗？还在单身？十恶不赦。

突然，朱狸意识到，“分手”最可怕的事情并不是分手本身，而是分手后她将彻底沦丧为大龄剩女，而且再也没有“其实我有结婚对象”这种充满优越感的说辞，剩女就是剩女，败犬女王，再成功，也是情场上一只斗败的狗，是没有人要的可怜虫，她没有房产，没有存款，没有好的生活习惯，也没有积极的心态，如果这时候把自己推进情场，是将会何等凄凉。

竟然老了。

一夕忽老。

从来没意识到。

正在悲伤，曹青怒气冲冲拿着电话走进来，把电话往床上一扔，说：“安赞这个蠢货，果然靠不住。”

朱狸说：“怎么了？”

曹青说：“他说他在开会，开会还要打电话给我，什么意思？躲躲闪闪的，又畏畏缩缩，我直接问他到底怎么办，我没地方住了，房东限我一周内搬走，我去哪里？住大街上吗？”

朱狸说：“他怎么说的？”

曹青说：“他说他现在很忙，总之就是那一套，我都不知道他在忙什么。”

朱狸说:“最后的结果呢?”

曹青说:“最后的结果，经过我们俩讨价还价，还有我的威逼利诱，他说他帮我出一万块，当做房租的赞助。”

朱狸说:“一万块？是你计划内一个月的房租吗?”

曹青说：“是啊，这个老不死的，竟然出手如此小气，一万块，我每次要交房租，押一付三，他送我一个押金啊!”

朱狸说:“算了，他也算对你不错了。”

曹青说：“他对我什么不错啊，说帮我，结果给我交一个押金，我都怀疑是不是将来我退房的时候押金他还要收回去啊!”

朱狸说:“那肯定不可能，再说，如果你不住那么贵的小区，一万块甚至可以住三个月的。”

曹青尖叫:“大姐，我没听错吧，你要我这样一个大名人，大美女，大明星，去住3000块一个月的民工房?”

朱狸说:“你现在有多少钱?”

曹青说:“没有钱啊!”

朱狸说:“没有钱，你还看不起普通的住房。”

曹青说：“起点要高啊，你知道那种贫民区，住房条件多差吗？苍蝇满天飞，人叽叽喳喳的，素质极低，而且人来人往，半点隐私都没有了！我现在马上要红起来，狗仔队什么的都会关注我，万一发现我住得那么惨，还不在报纸上大肆嘲笑我?”

朱狸说:“现实的问题是，你怎么办。”

曹青说;“不是还有同建国吗？同建国说了，房子的事情他负责，而且，我现在又要了一辆车子，一旦给我配套齐全了，我才不管安赞这种穷屌丝，他只配跟他病快快的老婆生活在一起，想拿我这青春貌美的女人来补身体，醒醒吧，一万块？买个冬虫夏草也不止这个价格吧!”

朱狸说:“希望同建国靠得住。”

曹青坐了一会，觉得有点不安。

她说:“不行，我现在就要打电话给同建国。”

朱狸说:“太晚了，明天再说吧。”

“夜长梦多。”曹青说着，已经把电话拨出去了，刚才还一脸愤怒的表情，电话一拨通，立刻变成了“甜言蜜语小天使”。

曹青满脸堆笑，声音提高了一个八度，说:“亲爱的，同总，睡了吗?”

同建国:“没有。”

“在干吗呢?”

“工作。”

“嗯，这么晚了还工作，你要多休息呀!”

“好的，没事就晚安吧。”

“哎……”曹青看同建国的意思要挂电话，赶快阻止。

“怎么?”

“你着什么急啊，跟你说几句话，你又不耐烦。”

同建国说:“跟你说了，我在工作，有好几个PPT还没有看，明天一早还要开会。”

“嗯，我知道你忙，我也不想打搅你，只不过……”

“只不过什么?”

“只不过，房东刚才又打来电话骚扰我，说让我赶快搬走，我怎么办啊。”

同建国说:“不是跟你说了吗?你不要着急，不要催促，到时候我会帮你的。”

“哦哦，好吧，好吧，我现在太着急了，主要是那个死房东，一点都不讲人情，恨不得马上把我扫地出门，真是太可气了，其实这个傻蛋还不知道我是个名人，名人！如果他知道他把房子租给一个大明星，他偷着乐还来不及呢，未来这个房子没准成为粉丝们围堵的对象！乐死他！”

同建国说:“先这样。”

说完，同建国挂了电话。

曹青对朱狸说:“同建国这个家伙怎么也不热情?”

朱狸说:“意料之中。”

曹青说:“什么意思?”

朱狸说：“给你送钱，给你办事，难道还要张灯结彩，欢天喜地?”

曹青说:“你说的也是，换了我，要是帮人买车帮人租房子，我要拿刀砍她了，哈哈哈……”

“所以说，理解万岁吧。”

曹青不以为然:“我也是没办法，我要是有1000万，我理都不会理这帮肥猪头。”

朱狸说:“其实你可以靠自己的双手去获得的，男人毕竟还是靠不住。”

“那是我们没遇对人，你看那些豪门的阔太，她们会为未来发愁吗？她们会需要自己点灯熬油地去打拼吗？她们每天愁的是钱到底怎么花，限量版的包包买到几个，环游世界完之后还有什么消遣。”

“其实那样也没什么意思，人生过早地享受完了荣华富贵，然后呢？空虚等死而已。”

曹青说:“我宁愿荣华富贵锦衣玉食空虚等死，也不愿意灰头土脸紧握双拳做女屌丝，我不要做穷人，我不要忍受寒酸！我要住大屋，要开豪车，要出门有人照顾，朱80，我真诚地跟你说，做个穷人简直太可怕了！噩梦！”

朱狸叹口气，说：“你这样说，其实说明你的世界观还是很乐观的，你总相信金钱会买到一切快乐，但是对于我来说，金钱买到的快乐，也让我快乐不起来。”

曹青听了朱狸的话，沉思了好一会。

两个人到阳台上去透气，曹青的房子虽然不怎么样，也比较狭小，不过好在有一个比较宽敞的阳台，曹青也没怎么利用起来，所以显得很空旷，也显得格外大。

朱狸干脆席地而坐，曹青一开始还尖叫，后来想到反正今天的衣服也要干洗，索性也直接坐了下来。

像大学宿舍楼顶两个谈心的女学生。

32岁的朱狸和隐瞒了年龄的30岁的曹青，肩并肩，坐在阳台上，窗外是一大片天空，没有星星，雾蒙蒙的，就像大家的人生。

因为坐在了地上，大家的烟火气都多了起来，朱狸的伤感也不再虚无缥缈，曹青的浮躁也逐渐回归平静，两个人看了会儿星星，各自叹气，曹青点了根烟，也递给朱狸一根，朱狸虽然不喜欢抽烟，但是这种状况，这种气氛下，抽烟是不错的主意。

吸了烟，有夜色，有心事，必定开始要倾诉了。

曹青说：“人生真的好没意思。”

朱狸说：“你才知道。”

曹青说:“那是因为我一直没钱，如果有钱了，我就可以为所欲为，我不相信有钱会比没钱还难受。”

朱狸说:“难受的角度不同，总之人生就是受罪。”

曹青眨眨眼，说:“那我们为什么还活着?”

朱狸说:“千百年来，哲学家，科学家，文学家，不都在同样追问着这个问题吗？无解。”

曹青说:“朱80，你越来越悲观，越来越消极，也越来越胖了。悲观导致你的内分泌失调，然后你体内毒素无法排泄，就会有各种问题产生。”

朱狸深深叹口气，说:“我不在乎这些，好吗?”

曹青说:“我知道你不在乎，我还是要提醒你啊!”

朱狸说:“我真的不在意这些。”

曹青说:“那你在意什么?”

朱狸说:“我在意我在这个世界上所有获得的感觉。”

曹青说:“不懂。”

朱狸说:“你不用懂的。”

曹青说:“哎呀！你又看不起我。”

朱狸说：“不是，我从你身上学到了一个很丰富的人生经验——我们不必强迫周遭人和我们都相同，而且越是价值观相去甚远的人，越能给彼此很新鲜的人生感受。”

曹青说:“你说的话好深奥，我还是不明白。”

朱狸说:“我以前交友的时候，总是喜欢跟志同道合的人在一起，但是志同道合的人也没有给我太多愉快的感觉，后来认识了你，说实话，我真的没想到能跟你成为朋友。”

“我知道的！我知道你不喜欢我，但是没办法，我喜欢你，我一见你就觉得很亲切！我要跟你这样的人做朋友!”

朱狸说:“是啊，我本以为我们世界观相差太远，是没可能做朋友的，但是慢慢地我发现，其实我们没有必要非要跟另外的自己在一起，我们要接受更多更不同的人，才能丰富我们的人生经验。”

曹青说:“这个我懂，我每天都在跟怪咖打交道。”

“所以你看，你倒是充满了希望，兴致勃勃，因为世界对你来说永远有奇迹可探索，而我就不行，我接触了太多类似的东西，已经烦腻，这些东西消耗着我的热情，抹杀着我的耐心，然后我就轰塌了。”朱狸说着，心里很难受，眼睛湿润了。

曹青说：“我也轰塌了，我轰塌好多次，但是我要学习《飘》里面的斯嘉丽，跌倒了我要再爬气来，你也一样啊！爬起来，我们就胜利了。”

朱狸忍不住笑了:“不错，你还知道斯嘉丽。”

曹青说:“呀，你别把我看成文盲好吗？我也看过很多书的，我还知道萨冈啊，我喜欢她，她是个伟大的女作家，朱 80 你要振作起来，你别再写那些破专栏了，你也写小说吧，你也会变成萨冈的!”

朱狸有一刻恍惚，感觉这不是跟她习惯中疯狂的爆炸闺蜜曹青在对话，而是一个很友善、很温煦的好朋友在聊天，尤其是在这样的时刻，这样的状态下，能有个人陪着自己说说话，真的是太感激了。

曹青说：“对了，还没跟你汇报呢，你的那个律师，人不错，还挺喜欢我的，你说我要不要把他拿下。”

朱狸说:“我也没见过他，是朋友的朋友，你如果觉得他人不错，可以发展一下，你身边其他的男人，真的靠不住。”

曹青说:“我知道，我分得出来的，律师呢，可以谈恋爱，其他人呢，可以作为事业的帮助者，并不会互相影响的。”

“律师长得什么样?”

曹青说:“就是普通人了，稍微有点中年发福，能看出来年轻时候应该还不错，岁月不饶人，一过了30岁，人人都要保养，否则很快就会变成沙皮狗。”

朱狸说:“那你们发展到什么程度了?”

曹青说:“就吃过一两次饭，我现在没有时间应酬他，他很老土的，还要跟我去看电影什么的，反正我觉得他挺粘人的，哎，我可最害怕这样的男人，我喜欢各玩各的那种。”

朱狸说:“我们其实没有那么洒脱，能真的把感情和身体剥离开。”

曹青说:“我不需要感情啊！我只需要钱!”

朱狸说:“你最终还是需要感情的，钱虽然重要，比不上感情重要。”

曹青说:“可是我还是喜欢钱。”

朱狸说:“你最后还是会觉得感情重要的，钱买不到。”

曹青说:“我跟你讲讲我有一次恐怖整容的事吧!”

朱狸说:“嗯。”

曹青说:“我第一次整容，只是很微小的手术，算不上什么，后来有一次才真的叫惊心动魄，当时那个整容医生跟我说，我的脸如果要看起来更妩媚的话，必须要开眼角，垫鼻子，要填充下巴，更重要的是，要削骨。”

朱狸说:“你全都做了?”

曹青说:“当然啊，为了美，我可以付出一切的！其他的手术倒真的没什么，疼一下就过去了，削骨，我跟你说，削骨是很恐怖的，当时我做完手术，医生把削下来的骨头放在盘子里给我看，我觉得扔掉蛮可惜，就带回家了，我妈看到这一块一块被削下来的骨头片，差点昏倒过去。”

朱狸说：“我也要被你给吓晕过去了，你干吗要这样虐待自己？”

曹青说：“女人要对自己狠一点，我虽然虐我的脸千万遍，可是我的脸对我像初恋啊，你好好看看我的脸，你不觉得特别美吗？”

朱狸说：“如果跟你以前比，确实是天上地下。”

“对啊，你看过我以前的照片啊，简直是一个土丑肥，好恶心，我之所以总是把那个照片摆在我的面前，就是时刻提醒我，土丑肥是没有未来的，我一定要时刻保持漂亮，保持好身材，保持性感，我才能够得到我想要的一切。”

朱狸说：“你真的付出太多了。”

曹青说：“所以我不相信没有收获，付出就会有所得，只是时间早晚的问题而已。”

朱狸说：“你知道我为什么会搬出来吗？”

曹青说：“为什么？”

朱狸说：“卢迪昨天出差，上飞机之前发了信息给我，说认为我们俩的婚事需要重新考虑。”

曹青说：“不会吧，朱80，是他不要你啊！”

“是的。”终于把心里这块骨头吐出来，顿时大快。

曹青说：“怎么可以呀！他有什么资格抛弃你，你那天说的劈腿的臭男人就是他啊！”

朱狸说：“也没证据说他劈腿。”

“百分之百劈腿，我跟你说，我觉得卢迪不是个好东西，能看出来，他不安分的，那天他偷偷看我的胸部了，别以为我没看到，哼，要不是看在我们是好姐妹的份上，我一定要教训教训他！总之，男人没有什么好东西，不如扑到几个有用的，算了。”

朱狸说：“我不是难受他提出这样的要求，我只是很想知道到底发生了什么事，让他突然这样改变。”

“知道了又怎么样？”曹青说，“反正结果都是一样的，知道了只会更难受。”

“但是不知道，会总是猜想。”

曹青把朱狸的手机打开，跟她说：“知道怎么制止胡思乱想吗？下载微信，陌陌，米聊，飞信……各种约炮软件，会有无数的男人跑来跟你搭讪，赞美你是公主，哈喇子流到手机的屏幕上，你就像个女王，你想选谁就选谁，什么卢迪，让他玩去，你要开辟一个全新的世界！”

朱狸立刻抢过手机：“我对约炮没兴趣！”

“约炮没兴趣，可以谈恋爱啊。”

“对着手机谈恋爱？”

“对啊，难道你不知道，现在正流行这样谈恋爱吗？搜索一下附近有什么人，搭个讪，吃个饭，大家就熟了啊，熟了之后，你愿意怎么发展就怎么发展啊，愿意约炮就约炮，愿意谈恋爱就谈恋爱，愿意结婚也可以嘛。”

朱狸笑了，“太荒谬了！”

“这本来就是一个荒谬的时代！”

任何索取都有风险

曹青说："我受够了！我付出了青春，时间，美貌，肉体，耐心，盼望，结果迎接我的是一场一场的骗局，这些中年老骗子们，顶着光秃秃的大脑袋，一肚子坏水，凭什么让他们享受我，拿我开涮！"

曹青一大早去接通告，朱狸还在睡，她们俩夜谈到凌晨。

曹青倒是体力充沛到惊人，虽然一夜没睡，仍旧兴致勃勃去参加电视录影了。

朱狸昏昏沉沉，因为心情也不好，身体感到极度不适。

梦。

先是梦到有人在河边洗衣服，然后来了一个莫名其妙的男子，拿了一盆辣椒油倒在水里，整个一条小河都变成红色的，很刺眼，很醒目，也有点恐怖，接着，朱狸就看到有一个女人拿了一条鱼在红色的水里冲洗——朱狸被一阵敲门声给惊醒了。

因为半梦半醒，朱狸还以为是在自己的家里，是来了早起的快递员。

朱狸浑浑噩噩去开门，打开门，一个秃头，40 多岁的男人站在门外。

秃头也吓了一跳，朱狸更是吓了一跳，这才意识到自己是在曹青的家里。

“你是?”两个人同时问出。

朱狸说:“我是曹青的朋友，你是来找曹青的吧?”

秃头说:“嗯，我姓同。”

啊……竟然是同建国。

朱狸张大嘴:“你就是……”

“怎么，你认识我?”

朱狸立刻恢复理智:“哦，不，我听曹青提过你。”

同建国也似乎醒悟过来:“你是她常说的，总是批评她迟到的闺蜜?”

朱狸不好意思地说:“应该是我。”

同建国跟她握手:“久闻大名。”

朱狸说:“彼此彼此。”

说着，朱狸请同建国进屋了，同建国显然也没有要走的意思。

进了屋之后，同建国说:“曹青出去了?”

朱狸想给同建国倒水，却发现曹青家里没有热水，只好从冰箱里取出饮料给同建国，同建国表示不用。

朱狸说:“曹青一大早出去了，可能是去录节目了。”

同建国说:“嗯，那我们就随便聊聊吧，你不介意吧?”

朱狸说:“当然不。”

同建国说:“你是曹青的闺蜜，我有些话倒可以跟你说，由你转达比较好，我本打算亲自跟她说的。”

朱狸说:“什么事?”

同建国说:“其实我最近特别忙，公司各种政变，满头都是官司，曹青呢，又特别不懂事，时时刻刻给我打电话，催她的那点破事。”

朱狸假装不知道。

同建国说：“我说话比较直接，你别介意。曹青真的是一个太笨的人！她没有情商的！我观察她好久，其实她人不坏，但是她没有头脑，做事没有分寸，还自以为聪明，搞砸了很多事。”

朱狸其实有同感，不过没表态。

同建国继续说：“而且她很幼稚，总以为我惦记她的肉体，我也不怕你笑话，我什么样的女人没见过，什么样的身体没得到过，我对她根本没有那种感觉。”

朱狸说：“曹青的私生活，我不太清楚的。”

同建国说：“我知道的，她跟我说过，她有个很正经的闺蜜，让她读书，让她上进，批评她迟到什么的，我一听就知道你是她真正的朋友，她根本没有什么朋友，我是一心想帮助她的，因为她和我是老乡，我们都是上海人，她年纪又小，我当她是个邻居的妹妹。她很后知后觉，以前录节目，得罪了一票人她都不知道，我后来想帮她，有很多人出来阻挠，这些话我都没跟她说，说了她也不懂，不信，老是跟我闹，老是提无理要求，我都头疼了！”

朱狸说：“我听曹青说过，你也是督促她学习，进步，也会责备她迟到什么的。”

“是的，我是希望她好，可是她都不懂我的良苦用心，她满脑子就是上床，上床！我很头疼。”

朱狸说：“你今天要我带给她什么话？”

同建国说：“我想让你跟她说，让她忍耐一段，等我把这些事情处理完了，我会自然帮她渡过难关的，我不会见死不救，毕竟是老乡，又有缘分相识一场，是吧？她真的是没吃过什么苦，我小时候是吃百家饭长大，长大后自己创业，吃了多少苦，受了多少罪，见过多少人，哎，不提了，我也不打扰你了，总之你跟她说，让她不要这样无休止地骚扰我，昨天我正在工作，她大半夜打电话骚扰我，搞得我思路全乱了。”

朱狸说：“同先生，请放心，我一定会跟她说的。”

同建国又絮絮叨叨说了好多自己的身世，大概意思就是自己吃过很多苦，跟曹青不是一类人，而且自己一直很节俭，很认真地活着，自从认识曹青，觉得她也不错，本想帮帮她，却发现她的目的并不单纯之类的，朱狸虽然半梦半醒，也大概听明白了，倒是觉得同建国并没有想象中的坏和差劲。

同建国走的时候，还语重心长地跟朱狸说：“你好好劝劝曹青，让她想明白一些，人生在世，不只有索取，任何索取都有风险，她是遇到了我，我也确实想帮助她，如果她遇到其他人，仅仅她的贪婪，就能变成她的致命伤，想害她，实在太容易了，她全都是暴露在阳光下的。”

同建国的话让朱狸感觉很有共鸣。

而且朱狸感觉曹青遇到同建国，没准是一场喜剧。

晚上曹青回来的时候，浑身瘫软无力，一进门，把鞋子一踢，就倒在沙发上，嘴里念念地说：“累死我了，今天连续录制节目 3 场，站了 10 个小时……脚都站不住了！”

朱狸说：“同建国今天来过。”

听到这话，曹青立刻鲤鱼打挺一样蹦起来，满血复活状态：“什么？同建国来过？他来干吗？说什么了？怎么不给我打电话?"

朱狸把同建国来的事情一五一十地给曹青讲了，并且强调了同建国的不错，希望曹青能够像同建国希望的那样，“想明白一些”。

没想到曹青听完这些话，面色大变，拿起电话来就打给同建国，并且嘴里念念有词地说:“这个老混蛋，老狐狸，也想骗我，全世界都他妈的疯了，联合起来骗我，以为我是个软柿子，都捏着我玩?”

朱狸说:“曹青，你别冲动啊，同建国说他一定会帮你的，让你耐心一点。”

曹青这时候已经把电话打通，对着电话一通怒吼，大意是说质疑同建国偷偷摸摸跑来跟朱狸说什么乱七八糟的话，要帮忙找房子，一句话的事，买车也是，她都已经看了型号，他却迟迟不肯答复，这摆明了就是故意让她难受，等等，曹青说得非常激动，声情并茂，严词厉语，朱狸在一边如坐针毡，因为毕竟是由她传了话，当时同建国如此真诚，而现在引起这样的后果，也许同建国会埋怨她从中作梗。

曹青的最后一句话说:“今天是最后的期限，如果你不给我答复，你看着办好了!”

说完，曹青气呼呼挂了电话，面色铁青铁青。

朱狸说:“你何必要这样?”

曹青说:“我受够了！我付出了青春，时间，美貌，肉体，耐心，盼望，结果迎接我的是一场一场的骗局，这些中年老骗子们，顶着光秃秃的大脑袋，一肚子坏水，凭什么让他们享受我，拿我开涮!”

朱狸说:“同建国说他一定会帮助你的，而且他也说他对你不是那种男女的感情，因为你们是老乡，觉得你像他的妹妹，我真觉得同建国人不错……”

“他把你给骗了！你知道这个男人多龌龊吗？我们一起吃饭他连菜都不许我点，给我叫一堆廉价的小吃，还打折，吃一顿饭还不到100块钱，还要我打车送他回家，还邀请我去他家里玩，把我当妹妹？有这样对待妹妹的吗？分明就是玩我!”

朱狸也不知道该说什么好了。

这时候，房门又在咚咚作响，朱狸说：“这么晚了，谁来敲门?”

曹青怒吼：“如果是同建国那个蠢货，让他把钱留下，人滚蛋!”

朱狸去开门，门外站着一个黑瘦黑瘦的中年男人，戴着眼镜，面色很难看，看到朱狸，吓一跳，说:“我找曹青。”

曹青听到男人的声音，从屋里走出来，说:“你又来干吗?”

男人说:“你到底什么时候搬出去?”

原来是房东。

朱狸一直以为曹青喊着房东要她搬家多少有点夸张，现在看来，这是真的。

曹青说：“我现在正在找房子啊，难道你要我睡到马路上去吗?”

男人说:“我已经跟你说了好几天了，你又不接受涨价，又不搬家，很影响我继续把房租给其他房客的，你知道吗?”

曹青也正好怒火中烧，对着房东也大喊起来：“你急什么急啦，我住你的房子是看得起你好伐？你搞什么搞呀，我的房租还有3天才到期，3天啊，3天我绝对会找到比你这个破猪圈好100倍的房子，你这个穷鬼守着这套破屋发财去好了！”

男人说：“告诉你，我就是把房子租给猪，也不愿意租给你这样的住户！什么东西，真拿自己当明星了，走大马路上，人人都看你——不是因为你是明星，而是你是个傻逼！”

朱狸听不下去了，走过来说：“你怎么说话那么难听，现在曹青还在承租期内，你半夜闯来算骚扰，你知道吗？”

男人说：“我不管，她不让我好过，我也不会让她好过，你知道她多可恶吗？她把街坊四邻搞得都跟我打电话骂娘，这些邻居都是我们处了几十年的，全给她得罪光了！我无法忍受了，三天，我一天都忍不下去，赶快搬家走人，她要不走，我每天都过来赶，我看她的脸皮是有多厚！”

曹青和房东就这样扯着嗓子大骂起来，各种污言秽语，各种难堪的攻击，喷薄而出，朱狸真的有点招架不住了，她好不容易劝走了房东，曹青一屁股坐在沙发上，号啕大哭起来。

朱狸当下决定：“曹青，你收拾一下东西，我们走吧。”

曹青说：“走？去哪里？到大街上去，还是去贫民窟？”

朱狸说：“曹青，你别那么悲观，我们今晚去住酒店吧，我付钱，你别太难受了，到酒店想想办法，总是会有办法的。”

曹青左思右想，觉得也确实没有什么办法，拎了个包，跟朱狸走了。

在大街上，两个人边走边难受，竟然都哭了起来。

偌大的北京城，有人在欢歌笑语，有人在觥筹交错，有人在激情四射，有人却在大街上游荡。

不同的理由，相同的下场，朱狸和曹青这下体验到了同是天涯沦落人的感觉。

幸好有彼此陪伴。

朱狸边流泪边想：新生活开始前，必须要有这样难捱的阵痛吧。

曹青边流泪边想：如果全世界都是骗子，那么未来真的可盼望吗？

溜达了一阵，疲惫万分的时刻，看到一个酒店灯红酒绿，两个人走了进去。

前台小姐眼皮都没抬："标间680。"

朱狸和曹青相互看了看，谁也没说话，朱狸把钱交上了。

到了酒店房间，倒是很干净整洁，这几天在曹青家里看惯了凌乱，偶尔到了这么整齐的房间，还有点不适应。

曹青还是把东西一扔，高跟鞋一踢，直接趴在床上，她说："我实在太困了，一点精神都没有了，太困了，80，谢谢你啊，你也早点休息吧！……"

说着，曹青已经进入梦乡。

也确实是太累，太困了。

朱狸也觉得这几天的经历让自己有点难熬，眼皮也有点沉重，还是早点睡觉吧。

迷迷糊糊，朱狸睡着了，迷迷糊糊，朱狸被电话声音给吵起来，曹青睡觉没有关静音，而且曹青手机的铃声超级大，简直像是广场上跳舞的大喇叭音乐那么夸张。

曹青睡得很死，那么大的电话铃声都没有把她给吵醒，朱狸想帮她关掉静音，却不小心把电话接了起来，一个男人的声音传来：“亲爱的，我想你了，你在干吗？”

朱狸忍不住脱口而出：“知道现在几点吗？”

男人愣：“小甜甜，火气这么大，我当然知道几点了，这个点儿不是我们固定的sex phone时间吗？我的下半身因为想你而肿胀了……”

朱狸听不下去，对着电话吼：“去死吧，变态！”

挂了电话，朱狸猛然想起来这是曹青的电话，有点后悔，没准是曹青的重要伙伴，不过转念一想，连声音都分辨不出来的，也不可能太熟悉，不管那么多了，睡……

刚睡了一会儿，又迷迷糊糊听到曹青在说话，以为是做梦，睁开眼睛一看，曹青竟然真的是坐在床上，抽着烟，嗓门很大地在说电话，说了一大堆骂人的话，大概是在跟一个什么样的人倾诉，朱狸向曹青表示抗议，曹青看到朱狸醒了，还跟她打招呼：“嗨！亲爱的，你醒了——哦，不是男人，是我的闺蜜，大闺蜜，朱80，很好的一个人，善良啊，像我的姐姐，我跟你说，男人就不是东西，哼，我早就看透！”

朱狸把被子蒙到了头上，困意难当，曹青似乎一点都没有意识到朱狸的抗议情绪，说话声音越来越大，从她的话语中可以判断出，她是在给一个女性的朋友倾诉她这段时间的倒霉故事，曹青属于喜欢煲电话粥的那一类人，一旦说起电话来，没完没了，无休无止，简直像大话西游里的唐僧，如果这时候朱狸有一根金箍棒，一定向这个喋喋不休讲话的肉体上砸去……

忍无可忍，朱狸起身要去厕所，曹青眼疾手快地说：“哎哎！朱 80，你等一下，我要先用一下洗手间，我憋不住了！”

朱狸愣在当下，曹青拿着电话，还在讲着话，冲进卫生间，一边打开了排风扇，一边仍旧在讲电话！

朱狸直接要疯了，她也忍受着膀胱的抗议，忍受着耳朵的抗议，忍受着睡眠的抗议，快崩溃了，她看着表，曹青进去了已经快十分钟，还在讲电话，电话内容基本还是那一套，中心思想是“男人不是东西”。就这一个话题竟然能够讲这么长时间，也算是奇迹了，关键是曹青霸占着厕所，却还有心情在讲这些，朱狸实在有点忍不住了，她推门而出，正好遇到一个服务员在给隔壁房间打扫卫生，朱狸也顾不上风度了，直接冲到卫生间里，关门，放水……

再度回来的时候，曹青不见了，才短短几分钟，曹青竟然不在厕所里了，也不在房间里，不过朱狸也没心思打探曹青去了哪里，这几天好容易积攒起来的对曹青的“同病相怜”“兔死狐悲”感，随着曹青的闹腾褪减，又回复到正常值了。

朱狸还是很困，打算继续睡回笼觉。

刚刚要睡下，曹青扯着嗓子进来了，说：“这是什么破酒店啊，怎么连早点都不给提供？680 块房费也不算少了呀！哪个酒店会吝啬到不提供早点呢？”

朱狸说：“我们住的时候也没有问讯是否有早点，如果有早点的话，会提前发早点卡了。”

曹青说：“我住过那么多酒店，就连那种廉价的连锁店有时候也会有早餐提供的，这个酒店看上去还不错，怎么会那么吝啬，不行，我要投诉他们！”

朱狸说：“曹青，你能不能安静一会儿，我很想睡觉！”

曹青说：“睡觉不能睡太多，会变胖的，别睡了，我们一起去找这个酒店的负责人，问问他们为什么不给住客提供早点服务！还有啊，刚才我在走廊上遇到一个服务员，竟然不跟我打招呼，搞没搞错，我是顾客呀！顾客是上帝，服务员怎么这么没教养，竟然装作没看到我的，当我是空气伐?!”

朱狸感觉自己的头一下子大了起来，她说：“那你去找吧，我想再睡会儿。”

曹青说：“好吧，我去跟他们理论，你先睡一会儿，酒店管理可不是小事，我们一定要帮助他们监督他们的问题和漏洞，这样他们才会变得更完善，更好！你等我好消息啊！”

说完，曹青哼着歌，踩着拖鞋哒哒哒地走出房间，朱狸被曹青这么一折腾，虽然有睡意，精神却保持亢奋状态，双重折磨，非常难受。

朱狸起身把窗帘给拉上，把光亮遮挡起来，打算让昏暗的光线来对自己进行催眠，光线催眠也很管用，屋子一暗下来，睡意就来了，朱狸很高兴地打算进入梦乡……

刚刚进入梦乡的边缘，床头的电话大响起来，朱狸以为是手机，找了半天才发现是酒店内的电话。

朱狸气急败坏地抓起电话，以为服务台问什么时候退房的电话，却听到曹青在电话里说：“朱80，你赶快到前台来，我正跟他们理论呢！”

朱狸的头一下就爆炸了，她说："曹青，我能不能求你安静一会儿？"

曹青说："他们所有的人都不讲理，这样的酒店，你说我们难道不应该向全世界宣扬，宣布？"

曹青在电话里又对着旁边的人说："告诉你们，我们会发微博控诉你们，给你们曝光，而且会找行业协会来投诉你们！"

朱狸听到对方有个人用同样不讲理的语气说："随便您，您爱去哪儿投诉去哪儿投诉，麻烦您赶快退房，我们酒店不欢迎你们这样的顾客。"

得了，这一觉是别想睡了，朱狸无可奈何地收拾东西，准备离开，拿了曹青的东西一起下了楼，一路上所有遇到的服务员似乎都在对朱狸横眉竖眼，不用怀疑曹青已经得罪了所有她能够得罪的人。

朱狸走向通向前台的漫长的路上，忽然理解了房东为什么能急眼到半夜敲门赶曹青走，说真的，曹青真的让人太难忍受了。

就在住酒店前，朱狸还闪过一丝念头，打算和曹青合租房子，现在看来，这个念头简直太可怕了，太可怕了，太可怕了……

到了前台，所有人的目光一起像万箭穿心一样地向朱狸射过来，朱狸也大概明白怎么回事，低头一个劲地道歉，道歉，赶快结算了房间钱，过了一会儿，一个服务员跑来说，房间的杯子少了一个，收费的饮料开了两瓶，马桶坏掉了……

经过了一个上午的折腾和交涉，再加上曹青喋喋不休的争执，朱狸多付了一天的房租，加上无数的道歉，终于酒店把她们放行了，并且酒店的前台恨恨地说，像曹青这样的顾客，她们会把她永久封杀，并且还会跟同行业的人提供她各种不讲理、毁灭性极强的提醒。

也就是说，朱狸和曹青打算继续住店的路，基本上断了。

倒霉神附体的小姐

曹青已经慌乱无助，也不管朱狸说什么了，拉着朱狸的手说："你快点帮帮我，你不是见过他吗？你帮我打个电话给他，他不理我了，在闹脾气，你去跟他说说情，说我后悔了，别不接我电话啊，他还答应要打造我呢……"

"怎么办？"朱狸坐在路边，无奈地看着曹青。

曹青看了看手机，说："同建国这个猪头还没给我打电话。"

朱狸叹口气，望了望天空，感觉自己像一只流浪狗。

曹青说："我肚子饿得咕咕叫，我们去找个地方吃一顿吧！"

朱狸说："你希望我们连餐馆都上黑名单吗？"

曹青说："这件事不怪我呀，都怪这帮没有职业素养的笨蛋！酒店业的败类！"

朱狸说："曹青，你饶了我吧，我现在很累，想回家了。"

曹青说："怎么，你打算跟卢迪低头啊，我劝你想清楚哦，你看你出来流落了好几天，他连个电话都不给你打，短信也没问过，分明就是吃定了你，这时候你再回去的话，你会被他看笑话的！"

朱狸说："我不是只有卢迪那个避难所的，我有家，我只是不愿意让父母知道我这么狼狈而已。”

曹青说:“父母的话就更别回去了，你回家，父母又会问东问西，是不是混不下去了？又知道你失恋，肯定会拖着你去相亲啊，给你脑门上贴上没人要的老姑娘的标签，满世界哭天喊地，要给你找对象，丢人都丢死了哦!”

朱狸其实觉得曹青的话说得很对，却又不知道该怎么办。

朱狸说:“怎么办?”

曹青说:“我给同建国打电话，我不信他对我这么狠!”

朱狸打了个哈欠，困倦难当，也料定曹青不会有什么想要的结果了。

果然，曹青不但找不到想要的结果，而且同建国连电话都不接了。

曹青不厌其烦地打了好几遍，可是同建国就是不接电话，曹青开始慌了。

曹青说:“朱80，你说，这是怎么回事，那个死胖子怎么连我电话都不接了?”

朱狸说:“你忘了你怎么跟他说的了?”

“我说什么了?”

“你跟他说，那天是最后的期限。”

“对啊，我那是警告他一下而已啊!”

“你认为同建国需要求着你，来帮助你吗?”

“你别告诉我，同建国也不管我了!”曹青看来真的是慌张了，朱狸不置可否。

“你快帮帮我，我现在唯一的救命稻草就是他了，他要是不管我，我的车，我的房子，都泡汤了呀!”

“本来就是虚无缥缈空欢喜一场。”

“不不不，我要挽回，我不能失去这一块大肥肉，车子我不要好了啊！房子要帮我租好啊，我本来打算让他帮我租一年的，现在可以商量，半年就好了，在闹市区，高档一点的公寓，稍微中档的也可以了！”

朱狸叹了口气，说：“曹青，我真的不知道该跟你说什么好。”

曹青已经慌乱无助，也不管朱狸说什么了，拉着朱狸的手说：“你快点帮帮我，你不是见过他吗？你帮我打个电话给他，他不理我了，在闹脾气，你去跟他说说情，说我后悔了，别不接我电话啊，他还答应要打造我呢……”

朱狸被曹青搞得没办法，只好用自己的手机拨打了曹青给过来的同建国的号码，尽管这么做会让自己很尴尬，但是目前来说，在身心俱疲的情况下，智商和脸面都没那么重要了。

同建国也没接朱狸的电话，朱狸跟曹青说：“看，他一直不接电话，也可能不是在躲着你。”

曹青还是不甘心：“他能在干嘛？难道手机掉进厕所里了？”

“你别那么刻薄了。”

曹青说：“要不就是正在泡妞，不方便接听电话。”

朱狸忽然想起同建国说的话，他很想跟曹青说，这个世界不是只有男女关系。

正在琢磨，同建国回电来了，是打给朱狸的。

朱狸接起电话，同建国很警惕问是谁，知道是朱狸后，倒是放松了一下，说：“你好。”

朱狸略带尴尬地说：“抱歉，打扰了。”

同建国说:“是曹青让你给我打电话的吧。”

一下子就被人识破，更加羞愧难当。

同建国倒也没怎么继续让朱狸为难，他说:“看来我的苦口婆心被证实是没用的。”

朱狸说:“状况可能比我们想象的都要糟糕。”

曹青在旁边张牙舞爪，示意朱狸说得严重点，朱狸只能背过身去说话。

同建国说：“我本来已经打算周末帮她搞定这件事，但是——现在我改变了主意。”

“啊?” 朱狸说,“为什么?”

同建国说:“曹青这样的人，即使你帮助了她，她也不会心存感恩，既然如此，我何必多此一举呢?”

朱狸说:“情况真的比我们想的都要糟糕，昨天我们被房东给赶出来了，住的酒店。”

同建国说:“哦? 不错，体验生活了。”

朱狸说:“你的意思是?”

同建国说:“朱小姐，你是个不错的人，也是曹青很看中的闺蜜，我呢，已经不打算再帮助她了，她一个人在北京也不容易，你多照顾她。”

朱狸被同建国的话堵得张口结舌，同建国说:“先这样吧，我很忙，祝你们好运!”

说完，同建国把电话给挂掉，朱狸彻底愣了。

曹青还不知道这边的状况，抢过朱狸的电话，对着话筒就骂:“你这个老秃顶，你跟姑奶奶开玩笑呢是吗? 喂? 喂? ——他怎么挂了?! 妈的，我再给他打过去，我就不信这个老不死的能玩死我!”

朱狸看着曹青说:“你别再费劲了。”

“啊?”曹青看着朱狸，不明所以。

朱狸说:“同建国说了，他不打算再帮助你了。”

曹青说:“为什么?”

朱狸说:“你说呢?”

曹青说:“为什么为什么为什么呀?难道这个老混蛋认识其他女的了?他不帮我是什么意思?是租房子不帮我，买车不帮我，还是节目包装什么的?”

朱狸说:“恐怕这个人以后不会再跟你联系了，曹青。”

曹青有五秒钟休克了，她说:“不可能，不可能啊，同建国怎么可能不帮我，虽然他对我很吝啬，但是他承诺给我很多东西啊，就算不帮我租房子，不买车送我，也不至于不理我了呀!我哪里做错了，这个世界都怎么了?联合起来欺负我?!”

朱狸说:“接受现实，别再抱怨了。”

曹青不断地喃喃念叨:“我怎么办啊?”

这时候，突然又来了一个电话，曹青满脸绽放笑容，说:“是不是天无绝人之路?是不是来了救我的人了?”

拿起电话，曹青的表情很复杂，她说:“咦，怎么是我妈?”

接起电话，曹青立刻改用上海话，叽里呱啦开始说起来，语速极快，朱狸完全听不懂她在说什么，说了大概有一刻钟，曹青终于把电话挂了，曹青脸红脖子粗地对朱狸说:“完蛋了，完蛋了!”

“又发生了什么事?”

“我这几天简直倒霉神附体，什么坏事都让我给遇到了!”

“到底发生了什么事?”

曹青说:“我妈问我要钱啊!”

朱狸说:“为什么?”

曹青说:“我妈看中了一套房子,属于动迁房,一拆迁就会赚大钱的那种,需要100万,现在问我要。”

“你有100万吗?”

“大姐,你说呢?我要是有100万,我用得着受这些破男人们的气吗?”

“上次跟余弦聚会,我记得你说你有300万。”

“我说我有3亿,你信吗?不都是要说得炫一点,别人才不会看不起吗?”

朱狸说:“你打算怎么办?”

曹青说:“不是我打算怎么办的问题,是我妈已经把我卡里的所有钱都转去用了。”

朱狸说:“怎么会?”

曹青哭丧着脸说:“真的!刚才我已经疯掉了,我妈要炒房,都快要着魔了,我有一个远房亲戚,几年前就是买了动迁房,当时买的时候很便宜,结果一拆迁,他就拿到了巨额的拆迁补偿款,都变成千万富翁了!”

朱狸说:“你妈是打算把你们家所有的钱都投资到动迁房上吗?”

“是啊,她下定决心了,八头牛都拉不回来!现在我妈把我们家所有的钱都投资到房子里了,我连吃饭都成问题了!”

朱狸说:“你跟你妈说清楚啊,说你在北京不容易,吃喝拉撒全都是钱。”

曹青说:“我说了啊,我妈让我自己想办法!”

朱狸彻底无语了。

就这样，两个人在路边坐了一上午，肚子饿得咕咕叫，精神和体力都抵达了一个悲痛的临界点的时候，朱狸突然作了一个决定。

朱狸霍地站起来，对曹青说："走，你暂时跟我回家。"

曹青说："回家？哪个家？"

朱狸说："卢迪的家。"

曹青说："啊？不会吧？"

朱狸说："会。我想通了，走吧。"

就这样，经历了离家出走，夜投曹青，酒店风波的百般无奈，朱狸终于决定回家了。

在艰难无奈的生活面前，面子算得了什么？

再说，离家出走也是悄然进行的，她也没留字条，也没跟卢迪正式掰，甚至可以当做什么都没发生。

太在意形式感也是大罪恶，活活把自己折腾死。

不发信息就不发，不打电话就不打，号称独立的女性，怎么会被这等无趣的感情变故打倒？

回家。

你怎么把我每句话都当真

曹青真的是个爆炸式的人物，她就像一颗不定时炸弹，随时随地可以把周围炸个横七竖八，片甲不留，毁灭现场，她还后知后觉，无辜至极，她确实后知后觉，尤其是判断别人对她的感受，简直堪称迟钝。

推门而入的时候，朱狸从来没有一刻如此热爱这个居住了几年的家。

卢迪还是没回来，家里一切都像她几天前走的时候一样，没有变化，朱狸感觉无比的亲切。

曹青闹哄哄地跟进来，一进门就四处参观，一边说："咦，这房子不错啊，装修也还蛮有品位的，格局也还不错，这房子至少要值300万吧。"

朱狸说："你赶快想想下一步怎么办吧，我把你叫回来，也不是长久之计，只是我实在受不了颠沛流离，回来至少能有个安稳的地方让我们静下心来好好盘算一下下一步的安排。"

曹青说："哎呀，朱80，看在房子的份上，你还是别跟那个家伙分手了，舒舒服服的房子住着，你还有什么可发愁的。"

朱狸说："你不是总建议我分手吗？现在怎么突然改变了

主意?”

曹青说:“我就说说而已，你怎么把我每句话都当真?”

朱狸无语:“你!”

曹青笑着说:“不错，这个房子比我租的房子好多了，地理位置也不错啊，哎，真没想到那个小子还有这样一套不错的房子。”

朱狸说:“你的价值观真的太分裂了。”

曹青说:“你怎么老是那么严肃，价值观、价值观的，太累了，看，人生在世就是要享乐，很多人打拼一辈子，都买不起一套房子，你该知足了，有房有车，他还算年轻，长得也还可以，不要要求太高了，赶快拿下，结婚吧!”

朱狸说:“我要工作了，这几天落下一大堆事，什么都没干。”

曹青说:“我也是啊，我这几天什么都没干，也是攒了一大堆事，我用用你电脑啊!”

曹青说完，立刻跑去用朱狸的电脑，朱狸说:“曹青，你自己的电脑呢?”

曹青说:“我的电脑前几天坏了，我还没来得及去修呢!”

朱狸说:“赶快修啊!”

曹青说:“我那天喝牛奶，不小心洒到键盘了，我去专卖店问了，维修需要好几千块呢!”

朱狸说:“你别告诉我你不打算修了。”

曹青说:“暂时情况而已嘛!”

朱狸昏了。

电脑被曹青给占走，坐立难安，又不愿意去使用卢迪的电脑，干脆去看会儿电影，等曹青用完再说。

客厅里，打开电视，看了一会儿，曹青在那边喊:“喂，朱

80，我饿了，你家里有什么吃的吗？”

朱狸说：“什么都没有。”

曹青说：“那你有没有外卖的电话？我们叫个外卖吃吧？”

曹青这么一说，朱狸也发现自己确实饿了，说：“下楼去吃吧？”

曹青说：“别麻烦了，就叫外卖吧！”

朱狸打了个哈欠，说：“我没有外卖电话。”

曹青喊：“我在网上搜到了好多，你附近真的很便利，住在市区就是方便，处处都方便！”

朱狸说：“那你直接打不就完了吗？”

曹青说：“你想吃什么？西餐，中餐？还是泰国菜？越南菜？”

朱狸说：“麦当劳好了，一个汉堡就够了。”

曹青说：“那怎么行……我们俩这几天太累了，要好好地补补！我做主了，就要这个比萨外卖吧！”

过了一会儿，门响，确实够快的。

曹青要了整整两张比萨，超大的那种，结账，朱狸把钱给交了。

曹青蹦出来大快朵颐，一边对朱狸说：“你多吃点，你多吃点！”

曹青根本没有一点点减肥人的气质，大口大口吃着很香的比萨。

朱狸说：“你要这么多，能吃得了吗？”

曹青说：“当然了，我现在饿得可以吞下一头鲸鱼！”

曹青狼吞虎咽，风卷残云，吃了好多，然后心满意足地还拿了一块跑去上网，留下一堆垃圾给朱狸，朱狸一边收拾一边问：

“你要用到什么时候?”

曹青说:“一会儿，一会儿就好了!”

朱狸收拾完桌子，看了看表，曹青已经用了快两个小时了。

朱狸忍不住提醒:“我一会儿要用电脑，你快点。”

“行，行!”

一会儿，曹青又没动静了。

正在朱狸打算实在不行就用卢迪电脑的时候，曹青的电话响了，曹青抱着电话就离开了电脑桌，朱狸总算能用到自己的电脑了。

朱狸刚刚来到电脑桌前，几乎疯掉了，曹青把一块比萨放在键盘上了!

对于有轻微洁癖的朱狸来讲，这简直太可怕了！她最害怕油腻腻的东西，尤其是竟然出现在自己的电脑上!

再一看桌子底下，朱狸彻底疯了，曹青刚才竟然在剪指甲，地下细细碎碎撒了一地的残指甲，朱狸忍不住了，大叫起来。

曹青在讲电话中，完全没注意朱狸已经疯了，她兴致勃勃洋洋得意，还在跟电话那边的人调情。

朱狸结合自己一贯对曹青的看法，再想到这几天的遭遇，尤其是酒店同住一夜的恐怖，朱狸认为她是没这个可能性跟曹青能够和平共处了。

朋友关系有时候微妙就微妙在距离上。

跟情侣关系的不同就是朋友用不着整天见面，跟亲人关系的不同在于朋友用不着必须接受，跟同事关系的不同则是，可以更加肆无忌惮。

想想最初认识曹青，之所以觉得她无法忍受就是因为跟她近距离的相处，后来她们关系略为缓和也是因为她们只用电话和偶尔见面来作交流，不住在一起，不用密切地生活，一切还都是可以忍受的。

曹青真的是个爆炸式的人物，她就像一颗不定时炸弹，随时随地可以把周围炸个横七竖八，片甲不留，毁灭现场，她还后知后觉，无辜至极，她确实后知后觉，尤其是判断别人对她的感受，简直堪称迟钝。

不行，不能这样下去，必须要——

朱狸一边擦着键盘上的油渍，一边低头打扫着地上的碎指甲片，一边暗暗地发誓，这件事到此为止。

太荒唐了。

明明知道曹青多么疯狂，还有勇气把她领回家来折磨自己，自虐？

摊牌吧。

虽然对曹青的困境很难坐视不顾，可是真的忍无可忍，太痛苦了。

曹青打完电话，春风得意地说："朱80，跟你说个好消息，我可能有救了！"

对朱狸来说，这倒真的算是一个好消息。

朱狸压抑住自己要暴怒的情绪，平静地问："有什么好消息？"

曹青说："就是你给我介绍的那个律师，那个律师迷上我了！"

朱狸现在对于曹青的判断并不完全相信。

曹青说:“刚才律师给我打电话，说想我呀，说好几天没和我联系，像丢了魂一样啊，我好高兴啊!”

朱狸说:“你现在还有心情谈情说爱?”

曹青说:“当然了，你想想，如果他爱我，喜欢我，我就可以计划一下结婚了。”

朱狸差点晕过去:“你没事吧?”

“怎么呀?你不信啊，我跟你说啊，律师现在也年纪不小了，也没见过什么美女，你没看到他见我时候的表情啊，好像要吃掉我一样的，我只要跟他睡了，他就会魂不守舍，对我彻底臣服了!”

朱狸说:“按照男女定律来说，如果你跟他睡了，你的价值也就消失了。”

曹青说:“不会的，我感觉这个律师就是性饥渴，我要是让他尝到一点甜头，他肯定会对我百依百顺!”

朱狸说:“祝你好运吧!”

曹青说:“你们那个卢迪到底去了哪里?怎么失踪这么多天，你也不打电话问问他，万一飞机出事什么的，你还不知道呢!”

朱狸说:“你别乌鸦嘴了，他没事，失踪就失踪吧，他总会回来的。”

曹青说:“不是我吓唬你啊，我以前听说了这样一个事，有个女的跟男朋友吵架，两个人要分手，转头这个女的就出车祸了，但是男的一直不知道，知道后那个男的都要疯掉了!”

朱狸说:“行了，你别乱操心了，你赶快想你自己的事吧!”

曹青说:“我现在呢，要洗个澡，换一件衣服，高高兴兴地去约会!没准今晚就能搞定这个律师!”

朱狸听说曹青要出去，总算松了口气，看到曹青这么积极地在为自己的事情作准备，也就不好意思提出过分的要求了。

曹青去洗澡了，朱狸坐在电脑前，脑子里却总是想着曹青的话，这几天没和卢迪联系，确实有点不太正常，就算一个普通朋友，也不至于这样静悄悄仿佛对方是空气，不会是真的发生了什么事吧！

这样一想，朱狸浑身出了汗，她立刻查询当时卢迪的航班，看看有没有出事的讯息，查了半天，也没查到什么，又去查了查近期车祸的新闻，也没查到什么，难道卢迪像彭加木在罗布泊消失一样，被外星人掳走了？

不可思议。

要不要打个电话看看？

朱狸伸手拿手机，却又还是战胜不了自尊心。

不要了，不要打电话。

再等几天好了。

曹青洗完澡，四处找吹风机，朱狸帮她找到吹风机，她一边吹头发，一边说："朱80，你帮我支支招，怎么样能让男人更喜欢我？"

朱狸说:"你还要问我？"

曹青说:"是啊，你不是经常写那种专栏吗？你也教教我。"

朱狸说:"我不知道。"

曹青说："别吝啬啊，快点给我支招啊，你也不想看我落魄吧？这次我觉得我很有把握，但是我还是要保持魅力，让律师愿意收留我，而且我还不能让他知道我这么落魄，太丢人了，你也帮我隐瞒一下啊，不要把我现在的情况泄露出去，我得让他以为一大群男人求着我，他只是好运气才得到我的临幸的！”

朱狸说：“如果你让我给你建议，我会跟你说，让你本色示人。”

“什么意思？”

“把真实的你露出来，不要想着怎么装饰自己，怎么装修自己，怎么拼命去营造一个虚假的自己。”

“那怎么行啊，人必须要包装自己的，如果不包装，谁会理解你的价值啊！”

“我只想跟你说，一个让人感觉不到真实的人，没人愿意拿真心来交换和对待的。”

曹青说：“我不用他们拿真心来交换和对待啊，给我钱就行了！”

朱狸说：“这就是显而易见的逻辑，他们会因为你真诚而对你真诚，也会因为真诚对你而给你很多好处，你总是想跳过前面的因直接找到后面的果，怎么可能。”

曹青说：“好吧，我真诚一点——怎么真诚？”

朱狸说：“你这个问题问得我都没法回答了，总之你好好地把握律师吧，没准他真的能够拯救你。”

“必须的！”曹青很满意地画好了妆，又换了一件超级短的裙子，对着镜子照了半天，美美地出门了，一边走还一边说；“这个死律师，也不早点给我打电话，早知道要去约会，我不要吃得那么饱了，不过也没事，一会去吐一下，就 OK 了。”

朱狸气得要死，点餐的是她，狂吃的是她，吃完又吐出来的还是她，买单的却是自己。

曹青临走还兴高采烈地对朱狸说：“他邀请我去听音乐会，然后一起晚餐！嘿，浪漫吧，音乐会，然后一定会是昂贵的烛光晚餐吧，标配啊！”

曹青走后，朱狸去卫生间，又忍不大叫起来。

卫生间像是被海盗扫荡过一样，所有的东西都不在原来的位置了，地上和洗漱盆里全都是凌乱的头发，水龙头没关紧，淅淅沥沥还在流水，已经不知道流了多久了，牙膏用完没有盖上盖，洗发水也没有盖盖，一片狼藉，惨不忍睹。

朱狸快要气哭了。

蹲在地上收拾一番，累得腰酸背疼起来。

上线，正好看到桃一宣在，像抓住了救命稻草一样，想把这几天发生的事情完全倾倒给这个贴心的男闺蜜。

不过桃一宣似乎回话很慢。

朱狸刚跟他说了几句这几天快累死了，桃一宣回：“不好意思，我有点急事要出去一下。”

朱狸也顺口问了一句：“去哪里？”

桃一宣说：“去听音乐会，着急出门，回聊。”

朱狸在电脑前愣了差不多有五分钟。

原来如此啊！

着急给自己的律师朋友找女友，不介意曹青有一堆男人的，原来就是桃一宣自己啊！

朱狸又突然想起在酒店的时候接到的凌晨骚扰电话，说要 sex phone 的那位，不会也是桃一宣吧？

这也太荒唐，太可笑了！

不会是真的吧?

朱狸打电话给曹青，说:“你的这个律师叫什么名字?”

曹青说:“好像是姓陶，我也不知道叫什么名字，怎么了?”

朱狸说:“没什么，随便问问。”

挂了电话，朱狸几乎有所有理由相信桃一宣就是律师。

律师就是桃一宣。

反正她和他没有见过面，他完全可以导演这样一场戏。

也就是说，其实桃一宣早就对曹青感兴趣了，从他第一次听朱狸讲述和曹青的认识开始，所以他会迟迟地不愿意跟朱狸见面，为的就是将来有机会跟曹青来往?

太可笑，也太可怕了。

男人。

朱狸无数次剖析男人，剖析男人的情爱心理，自己遇到一款，却无论如何也剖析不出来，其实他跟她分析过的男人没有任何区别，不见她也只不过觉得她没什么特殊魅力吧。

这件事令朱狸非常难受。

也倒不是因为发现被桃一宣欺骗，而是这件事的本身，让朱狸感到无比的绝望。

这天夜里，曹青没回来。

按说朱狸应该很开心，终于没人能够打扰她，她可以睡个安稳觉了。

但是，朱狸却失眠了。

不缺做爱的，少个恋爱的

“到底为什么啊，男人抛弃我，连闺蜜都抛弃我，我到底做错了什么啊！”曹青一屁股坐在床上，大哭起来。

第二天一早，曹青高兴地回来了，朱狸根本也没睡，看到曹青回来，估计她和桃一宣已经好事成了。

出乎意料，曹青说：“嘿，昨天过得很浪漫，不过我没跟他上床。”

朱狸诧异：“为什么？”

曹青说：“我不能让他那么轻易得到我啊！”

朱狸说：“这我倒是很吃惊，平日那些男人，你都不太讲究情爱规则的。”

曹青说：“我分析过了，律师啊，不缺做爱的，少个恋爱的，我要跟他谈恋爱。”

朱狸轻轻笑了一下。

曹青说：“真的，跟那些傻逼上床的时候呢，我把献身当做进攻的武器，如果谈恋爱的话呢，我还是很传统的，我要走传统路线，不能那么着急。”

朱狸说：“你倒是又不着急了。”

曹青说:“是啊，我正是打算放长线钓大鱼，所以要吊他的胃口，让他得不到又仿佛随时可能得到，在尺度以内，也不能吊得太久，就好比狗吃不到骨头，掉头跑了，吃狗粮去了。”

朱狸说:“你打算这个游戏要玩多久?”

曹青说:“不出意料的话，三个月内搞定。”

朱狸说:“曹青，我今天必须要跟你说一件事。”

“什么事啊，你怎么这么严肃呀!”

朱狸说:“曹青，我要跟你说，你还是自己找住处吧，我这里不能再继续收留你了。”

曹青愣了:“为什么?”

朱狸说:“我需要安静，也需要空间。”

曹青说:“我很安静呀！我给你空间啊！而且我也不是无休无止地住下去，我现在没有钱，找不到住所，所以我在努力钓男人呀!”

朱狸说:“你这样和骗子有什么区别呢?”

“朱80，你怎么能说这样的话呢!”

朱狸说:“我说得有错吗？你跟男人约会，除了敲诈别人吃饭，就是撒谎要礼物，你不觉得其实这是一个骗子的行为吗?”

曹青说:“他们跟我约会，他们喜欢我，愿意送东西给我，我难道不该接受吗？你这样刺伤我，是为什么呀!”

朱狸头已经爆炸了，她说:“我真的再也看不下去了，对不起曹青，我们不要再做朋友了。”

“朱80！你说清楚啊，我到底哪里得罪你了，哪里让你不舒服了，你突然翻脸，这样对我，骂我是骗子，现在又要赶我走，我对你那么好，拿你当姐姐，当知心朋友，你却这样对待我?”

朱狸也忍不住了:“你到底哪里对我好过？你对我进行这么长

时间的折磨，骚扰，我都忍受了，我给你介绍机会，你也没感谢过我，我们每次吃饭都是我买单，你也觉得心安理得，你处处欺负弱者，恃强凌弱，并不能显得你多么高贵，我第一次见你的时候就无法忍受你这样的行径。”

曹青说:“你既然那么讨厌我，干嘛还要跟我做朋友啊?”

朱狸说：“你问得很好，这问题我也问过自己，但是没有答案，无解，只能说，我们可能有这样一段做朋友的缘分吧，但是这段缘分让我感觉非常不舒服，很难受，我感觉你也不会太舒服，我们是完全不同的人，根本没有必要勉强拴在一起，不是吗?”

“到底为什么啊，男人抛弃我，连闺蜜都抛弃我，我到底做错了什么啊!”曹青一屁股坐在床上，大哭起来。

朱狸心虚难宁，说:“对不起，真的没办法继续和你做朋友下去了。”

曹青说:“你老是骂我，看我处处不顺眼，你怎么不多想想我的好呢？我没有一点好处吗？我就这么没有价值吗？我没让你感觉到一点点的快乐过吗?”

朱狸沉默不语，心里也非常难受，难以言说的难受。

曹青沉默了一会儿，也哭得差不多了，她说:“我知道，你一直看不起我，可是我有什么办法呢？我没有靠山，没有资源，没有人脉，我只有自己的身体，我苦心经营自己的身体，就是为了让它给我立点功，我不想像周围的人一样碌碌无为，我有错吗？你说我骗人，他们又何尝不是骗我？大家互相骗，谁能评论谁对谁错？我虽然也没多光彩，但是我至少也没有隐瞒什么，跟他们在一起，我就是为了出人头地，我不用拿什么爱情当装饰品，我就是要名利，我错了吗？”

又一阵对峙的沉默。

曹青继续说：“你们难道不是一样吗？大家都在讨生活，都不容易，为什么不能互相体谅？你不也是因为房子才跟卢迪在一起的吗？你有多纯情呢？余弦跟江太升在一起，放弃了自己大好的前途，变成一个网店老板娘，卖一些水货假名牌，满脑子生意经，比我高贵很多吗？咪咪呢？咪咪还不是踢掉穷老公，帮上一个烂人丁艰，现在突然过起了阔太太生活？只是结局比我好一点，实质上跟我有什么区别吗？还有ABCDE，每个人都有自己的故事，都有属于自己的万不得已和无可奈何，大家到底谁高谁低啊？谁要看不起谁？”

不得不承认，曹青的这一段话说得很有分量，朱狸觉得很惭愧，无言以对。

曹青说：“既然你说出了这样的话，我也不勉强，我很抱歉打扰了你，我不是故意的，你不要难受了，我现在就走。”

说着，曹青开始整理东西，朱狸一直没有说话，她不知道该说什么。

曹青收拾完了，还在哭。

她跟朱狸说：“我不想跟你说再见，我会自己想办法的。”

说完，曹青拖着自己的行李箱，就走了。

门关上的一瞬，朱狸放声大哭起来。

到底是不是结局

曹青就像是一面镜子，朱狸从这面镜子里看到了很多东西，关于友谊，关于感情，关于人生，关于命运，谁也负担不了谁，谁也没有义务去忍受谁，但是无论如何，朱狸很感激曹青给了她一段爆炸的岁月，让她把人生全部翻牌，重新整理，现在朱狸最想做的事情就是全部改变。

这天晚上，朱狸写了自己最后一篇专栏，讨论我们是否有足够的资格去评断别人的人生，洋洋洒洒写了几千字，附加了一封辞职信，感谢这个杂志给了她如此自由和美好的几年，让她如鱼得水又收入丰厚地过了几年愉快的日子。

但是，这一切结束了。

朱狸在送出最后一篇专栏的同时，也投递出了十几份简历。

曾经追求的自由，并没有给朱狸带来什么新奇快乐的人生体验，曾经最惧怕的改变，如今也忽然把朱狸唤醒——必须要改变。

曹青就像是一面镜子，朱狸从这面镜子里看到了很多东西，关于友谊，关于感情，关于人生，关于命运，谁也负担不了谁，谁也没有义务去忍受谁，但是无论如何，朱狸很感激曹青给了她一段爆炸的岁月，让她把人生全部翻牌，重新整理，现在朱狸最想做的事情就是全部改变。

从今天开始，尝试朝九晚五的生活，曾经视为洪水猛兽的职场，她没理由早早地就退出来。

从今天开始，尝试跟不同的人交朋友。不再拘泥于“喜欢”“吸引”“同类”的狭隘旋涡中去，用更敞阔的灵魂去面对这个多元的世界。

从今天开始，不再被动地接受来自命运的一切，要主动出击，变得更积极……

从今天开始，把桃一宣在内的所有暧昧关系都自动清除掉，把内心里对感情的虚无想象拔草除根，暧昧等于自杀，暧昧就是自取其辱，暧昧是一把无形刀，暧昧罪该万死。

改变其实一点都不可怕，相反，改变会带来新的希望。

朱狸现在已经深深地感觉到了。

这天早晨，朱狸睁开眼的时候，卢迪出现在她的面前。

就像100年没见过面一样陌生，又像昨天失散今天就找回的亲人一样百感交集，感触太多，竟然无言。

卢迪好像没太大的变化，笑嘻嘻地看着朱狸，看到她睁开眼，他打招呼:“你好。”

朱狸也毫不客气，回了一句:“你好。”

卢迪说:“这几天在忙什么?”

朱狸说:“这句话应该我问你。”

卢迪说:“我在等你电话。”

朱狸说:“我也在等你电话!”

卢迪笑了半天说:“我做了一个试验，可惜失败了。”

朱狸说:“什么试验。”

卢迪说:“我总觉得你对我不是很在意，但是我又不知怎么证明你对我很在意，于是我就突发奇想，发了那条信息，想查看你的反应——”

“结果呢?”朱狸真的很意外，之前她想了太多，原来什么都没有，什么都不是。

“结果就是，我确认你确实不怎么在意我。”

“然后呢?”

“什么然后?”

朱狸说:“你觉得我一点都不在意你，然后，你不认为你应该重新考虑是否要跟我在一起吗?”

卢迪说:“你说什么傻话，我们俩都互相绑定了，要想分开，下辈子吧。”

朱狸听到卢迪的话，愣了好久，突然一下子扑过去，紧紧抱住卢迪，大哭起来。

朱狸的大哭倒是给卢迪很大震惊，他说:“怎么了?怎么了?这怎么回事?”

朱狸说:“谁说我不在意你?我收到那条信息之后，感觉天都塌了，我觉得你是在悔婚了，又不好意思直接说，所以你发了那条信息给我，我左思右想，觉得到了自己该离开的时候了，所以，我就——离家出走了！”

卢迪惊讶地说：“这都是什么时候的事啊？”

朱狸说：“还没完呢！我离家出走，也没处可去，还是曹青收留了我，但是在她家里住了没一天，我们俩就被她的房东给赶走了。”

“啊？不会吧？”

“会的，我们被赶出来之后，住到一个酒店，结果因为曹青乱投诉，我们又被酒店给赶了出来——”

卢迪简直不能相信：“你是在编故事骗我玩呢吧？”

朱狸哭得稀里哗啦：“后来我们俩又累又饿又穷，我只好带着她厚着脸皮又回来了。结果没过一天，我受不了她，我们又绝交了。”

卢迪哈哈大笑起来：“太有意思了，我这几天还难受呢，你连个消息都不给我发，原来你这边搞了声势浩大的运动啊！”

朱狸说：“是的，我以为你要跟我分手！”

卢迪说：“我也以为你要跟我分手！”

朱狸紧紧抓住卢迪的手说：“我们不要分手，行吗？”

卢迪说：“肯定的，我不会跟你分手的，我亲爱的冷血人。”

朱狸说：“我不是冷血人，我只是不善表达……”

卢迪说：“走，起来。”

朱狸说：“干吗去？”

卢迪说：“民政局，领证去！”

朱狸立刻高兴地爬起来，说：“真的？”

卢迪说：“当然，不再听你摆布了，现在就去！”

朱狸蹦起来，又有点慌张失措，简直是从地狱一勺子被捞到了天堂，还没缓过劲儿来。

朱狸说:“领证？我是不是先洗洗脸，找一件好看的衣服?”

卢迪说:“不用了，走吧!”

拖着朱狸，就向民政局去了。

阳光下，两个人一人一个红本，互相看，看来看去，研究半天，相视，愣了。

朱狸说:“咱们俩，这就算……结婚了?”

卢迪说:“应该是吧，领了这个证之后，你要变心，就得分一半财产给我了。”

朱狸说:“那你呢?”

卢迪说:“我不会变心的。”

朱狸说:“我们是不是应该给家里打个电话?”

卢迪说:“你不说我都忘了。”

两个人背对背，站在太阳底下，分别给自己的父母打电话，又哭又笑，很是热闹。

回家的路上，卢迪一直在念叨着请客，拍照，通知亲朋好友这一套，忙得不亦乐乎。

朱狸收到了曹青的一条短信：朱狸，你好，经过慎重的思考，我暂时回上海去了，谢谢这段时间在北京你对我的照顾，你教给我很多东西，也让我相信这个世界有好人，谢谢你，我会永远当你是我最好的闺蜜!

朱狸看着这条信息，很欣慰，也很开心，也许是因为突逢喜事，心情一下子好了很多，她忍不住回了一条信息，说：“抱歉我对你的态度，他回来了，我们已经结婚了。”

曹青立刻打来电话，叽里呱啦地开始说起来，基本全部都是祝福的话，朱狸也意外地很开心，叽里呱啦地跟曹青聊了半天，聊得面红耳赤，倒是很应景。

卢迪忙里偷闲插了句话：“你不是跟她绝交了吗？”

朱狸说：“是啊，是绝交了，不过今天又和好了。”

卢迪摇了摇头，继续忙他的事了，朱狸也又在电话里跟曹青聊了一会儿，一切干戈荡然无存，仿佛从来没有决裂过。

日子又恢复了正常。

美好的正常。

曹青回了上海，一段时间没了消息，偶尔会在网上遇到，曹青也总是“离开”状态，看上去也是忙忙碌碌的样子，毕竟她回到上海，对朱狸来说，放心了很多。

专栏虽然不写了，但是杂志的主编回信给朱狸，希望她不定期地继续为他们杂志的读者分享各种精彩体验，朱狸也愉快地答应了。

有一个不错的公司向朱狸伸出橄榄枝，朱狸也比较满意，虽然卢迪认为朱狸没有必要再到职场上去忍受钩心斗角和尔虞我诈，不过其实他认为更接近社会，会让朱狸有更多写作的灵感。

朱狸觉得自己还是需要更多的时间来适应“已婚”这个角色，虽然领证已有几天，他们还是没有进入角色，不过朱狸和卢迪一致同意，他们同居而分屋的状态从此打破，两个人终于放弃了所谓的自由，向对方缴械投降。

然后他们开始忙活装修的事。

这天，朱狸正在装修公司选设计小样，突然接到了曹青的电话。

曹青高分贝又迫切的声音在朱狸的耳边爆炸：“朱80！亲爱的，告诉你一个好消息！最近我认识了一个北京的制片人，做微电影的，一下子看上了我，要全力打造我，我马上就要回北京了！你高兴吗？我好激动啊，我们又可以在一起了！我好想你呀……”

朱狸拿着电话，笑也不是，哭也不是，一转头看到镜子里自己的脸，像个扭曲的小丑，表情是在笑，却比哭还难看……